光文社文庫

長編時代小説

遺文

吉原裏同心(21)

決定版

佐伯泰英

光 文 社

目次

新吉原廓内図

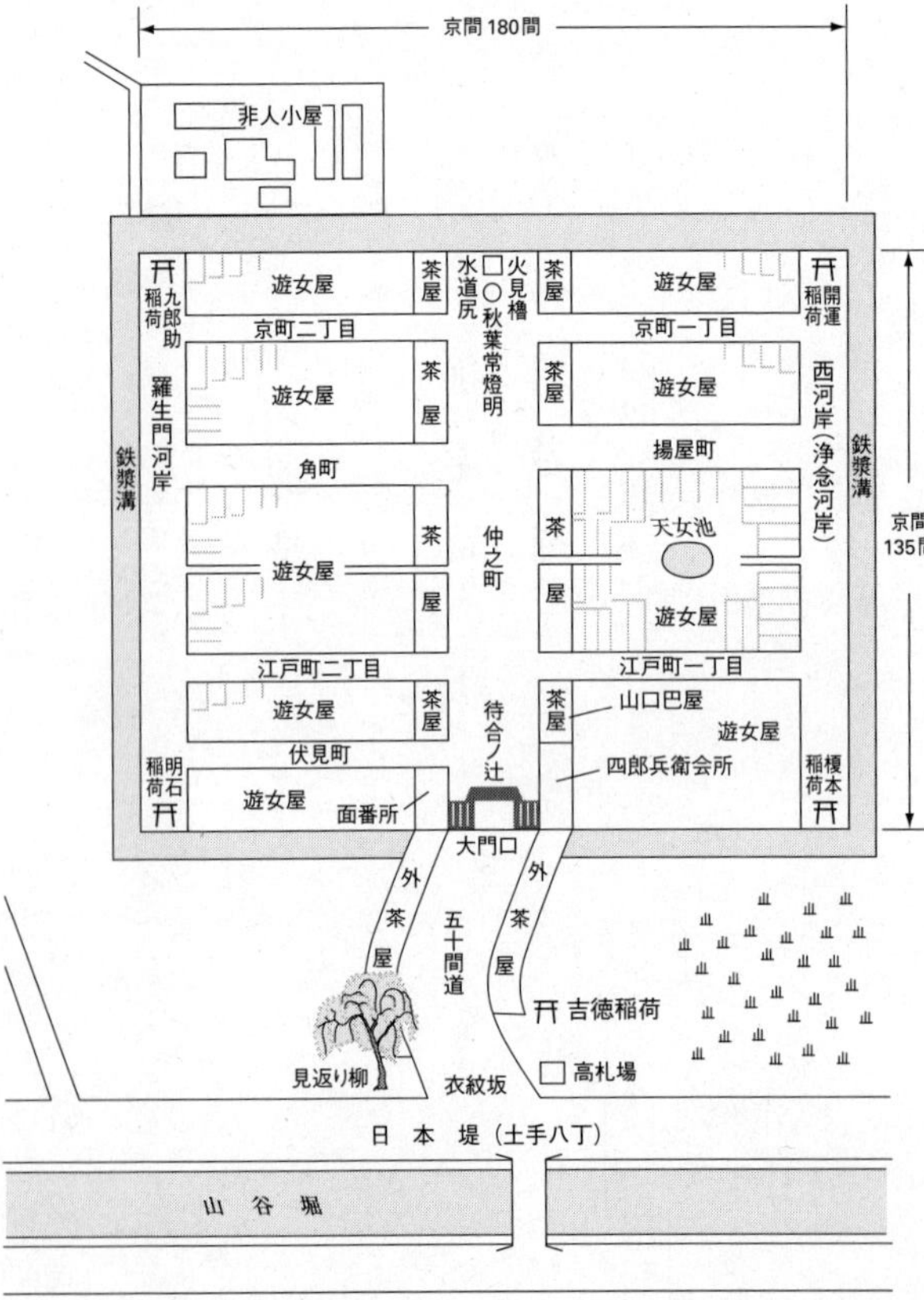
京間180間
京間135間
非人小屋
九郎助稲荷
開運稲荷
遊女屋
茶屋
水道尻
火見櫓
秋葉常燈明
京町二丁目
京町一丁目
羅生門河岸
西河岸(浄念河岸)
鉄漿溝
揚屋町
角町
天女池
仲之町
江戸町二丁目
江戸町一丁目
山口巴屋
待合ノ辻
伏見町
明石稲荷
榎本稲荷
四郎兵衛会所
面番所
大門口
外茶屋
五十間道
吉徳稲荷
見返り柳
高札場
衣紋坂
日本堤(土手八丁)
山谷堀

北
東
南
西
荒川
千住大橋
鐘ヶ淵
隅田村
隅田川
寺島村
千住道
小塚原
日本堤
三河島
日暮里
田端
駒込
谷中
金杉上町
新吉原
鷲神社
山谷堀
今戸町
今戸橋
小梅村
千駄木
白山
下谷
東叡山寛永寺
根津権現
本郷
浅草寺
東本願寺
浅草花川戸町
御薬園
小石川
中堂
幡随院
広徳寺
阿部川町
吾妻橋
竹町ノ渡し
伝通院
不忍池
新堀川
田原町
三間町
並木町
駒形堂
菊坂町
池之端仲町
下谷広小路
御徒町
蔵前
春日町
湯島天神
水戸徳川家
北割下水
森田町
石原町
牛込
神田明神
神田川
外神田
向柳原
御米蔵
天王町
浅草橋
柳橋
牛込御門
小石川御門
水道橋
神楽坂
御竹蔵
南割下水
昌平橋
筋違御門
和泉橋
柳原土手
両国広小路
本所
番町
田安御門
内神田
馬喰町
回向院
両国橋
市谷
雉子橋御門
一ツ橋御門
俎板橋
竪川
神田橋御門
清水御門
市谷御門
小伝馬町
今川橋
日本橋
新大橋
北町奉行所
常盤橋御門
小名木川
室町
麹町
江戸橋
江戸城
半蔵御門
呉服橋御門
仙台堀
深川
南茅場町
西之御丸
材木町
永代橋
南町奉行所
鍛冶橋御門
京橋
組屋敷
八丁堀
霊岸島
富岡八幡宮
桜田御門
永田町
赤坂御門
数寄屋橋御門
西本願寺
石川島
越中島
山王日枝神社
新橋
築地
佃島
溜池
幸橋御門
汐留橋

『遺文』主な登場人物

神守幹次郎……豊後岡藩の馬廻り役だったが、幼馴染で納戸頭の妻になった汀女とともに逐電の後、江戸へ。吉原会所の七代目頭取・四郎兵衛と出会い、剣の腕と人柄を見込まれ、「吉原裏同心」となる。薩摩示現流と眼志流居合の遣い手。

汀女……幹次郎の妻女。豊後岡藩の納戸頭との理不尽な婚姻に苦しんでいたが、幹次郎と逐電、長い流浪の末、吉原へ流れつく。遊女たちの手習いの師匠を務め、また浅草の料理茶屋「山口巴屋」の商いを手伝っている。

四郎兵衛……吉原会所の七代目頭取。吉原の奉行ともいうべき存在で、江戸幕府の許しを得た「御免色里」を司っている。幹次郎と汀女を吉原に迎え入れた後見役。

仙右衛門……吉原会所の番方。四郎兵衛の右腕であり、幹次郎の信頼する友。

玉藻……四郎兵衛の娘。仲之町の引手茶屋「山口巴屋」の女将。

三浦屋四郎左衛門……大見世・三浦屋の楼主。吉原五丁町の総名主にして四郎兵衛の盟友であり、ともに吉原を支える。

薄墨太夫……吉原で人気絶頂、大見世・三浦屋の花魁。吉原炎上の際に幹次郎に助け出され、その後、幹次郎のことを思い続けている。幹次郎の妻・汀女とは姉妹のように親しい。

身代わりの左吉……罪を犯した者の身代わりで牢に入る稼業を生業とする。裏社会に顔の利く幹次郎の友。

村崎季光……南町奉行所隠密廻り同心。吉原にある面番所に詰めている。

足田甚吉……豊後岡藩の長屋で幹次郎や汀女と一緒に育った幼馴染。岡藩の中間を辞したあと、吉原に身を寄せ、料理茶屋「山口巴屋」で働いている。

柴田相庵……浅草山谷町にある診療所の医者。お芳の父親ともいえる存在。

お芳……柴田相庵の診療所の助手。幼馴染の仙右衛門と夫婦となった。

おりゅう……吉原に出入りする女髪結。幹次郎と汀女の住まう左兵衛長屋の住人。

長吉……吉原会所の若い衆を束ねる小頭。

金次……吉原会所の若い衆。

政吉……吉原会所の息のかかった船宿牡丹屋の老練な船頭。

遺文——吉原裏同心（21）

第一章　大牢《たいろう》の悪夢

一

　季節は秋から冬へと移ろいを見せた。

　そんな時節、浅草山谷《あさくささんや》の柴田相庵《しばたそうあん》の診療所で大怪我《おおけが》の治療を受けていた吉原会所《よしわらかいしょ》七代目頭取四郎兵衛《とうどりしろべえ》に相庵から、

「七代目、怪我の具合もなんとか快復してきた。それに食欲が出てきたのがなによりのことだ。もう二、三日様子をみて、吉原にお戻りなされ」

　との待ちに待った言葉が告げられた。

　四郎兵衛はその言葉を寝床に起きて聞いた。怪我をした脇腹や腕にはまだ晒《さら》し木綿《もめん》が巻いてあり、塗り薬の匂いがしていたが、四郎兵衛の顔には生気《せいき》が戻って

いた。

「相庵先生とお芳《よし》さんのお蔭で命を取り留めましたよ。こんどばかりは一巻の終わりかと覚悟を致しましたぞ」

「七代目、あんたに退《ど》いてもらわぬと、見舞いの客でごった返して診療もままならぬ。花屋や食い物屋ができそうなくらい見舞いの品を抱えた客が集まり、うちは足の踏み場もない。ひとりの怪我人にどうしようというのだ。うちは花屋でも食い物屋でもないぞ。あれだけのものをうちに回されても始末に困る。人はな、一度贅沢《ぜいたく》の味を覚えると、ろくなことにならぬ。どうせなら、下《くだ》り酒《ざけ》かきざみ煙草《たばこ》の、そうじゃな、薩摩《さつま》産のきざみ煙草なんぞを見舞いの品にしてくれるとわしはよいが、怪我人にはよくないな。ともかくじゃ、お芳、七代目を早く追い出さんと、うちが迷惑じゃ、そう思わぬか」

相庵がいつもの言葉遣いで言い、最後は右腕のお芳に念を押した。むろん言葉とは裏腹に相庵の顔にも、

「よかった」

という安堵《あんど》と満足の表情があった。

その場に神守幹次郎《かみもりみきじろう》、汀女《ていじょ》の夫婦が見舞いに来ていた。

診療所の一室に火鉢が入り、縁側から穏やかな初冬の日が差し込んでいた。昼前の刻限《こくげん》だった。

ふっふっふ

相庵の軽口を聞いた四郎兵衛の顔に笑みが浮かび、

「相庵先生、吉原に戻ったら、酒ときざみ煙草は馬に呑ませたり、喫《す》わせたりするほど届けますよ」

「四郎兵衛様、やめてください。先生は口ほどにもはや呑めはしないのですから」

お芳が悲鳴を上げた。

「それより四郎兵衛様、吉原に戻られるとはいっても体が元通りに治ったわけではございません。先生とも話し合ったのですが、どこぞに湯治《とうじ》に行かれてはいかがです」

「お芳さん、それはいいお話ですよ。ぜひ四郎兵衛様、湯治に参られませ」

汀女もお芳の話に賛意を示した。

「汀女先生、薬臭《くさ》い診療所からようやく脂粉《しふん》漂う吉原に戻れると思ったら、湯治に追い立てなさるか。季節は冬ですぞ、湯治場はどこも雪なんぞが降りましょう。

さように寒いところにこの年寄りに無情にも出ていけと言いなさるか」

「豆州《ずしゅう》熱海《あたみ》ならば冬でも穏やかな日和《ひより》が続くと聞いております」

「ううん、熱海な。神守様、そなたら夫婦が従《したご》うてくれますかな」

「われらがですか。まずは玉藻《たまも》様と姉様《あねさま》辺りが供で湯治旅に従われてはどうです。そうだ、お芳さんが行くと、さらに安心にございますな」

「年寄りに年増《としま》女三人か、悪くはない」

四郎兵衛がにんまりとした。

だれもが四郎兵衛の快復が悦《よろこ》ばしくて、そんな雑談に興《きょう》じていた。

だが、二十数日前、四郎兵衛が幹次郎の背に負われて診療所に運び込まれたときは、柴田相庵も、

「うーん、これは」

と絶句するほどの怪我だった。

娘の玉藻も治療中の父親の顔を見て、死を覚悟したくらいだった。

四郎兵衛に体力があったことと柴田相庵やお芳の懸命な治療で、かように湯治話が出るまでに快復していた。

このところ吉原に暗雲が立ち込めていた。はっきりと正体を見せぬ者が、

「一夜千両の吉原の乗っ取り」を画策《かくさく》している気配があった。その一連の動きの中での四郎兵衛の勾引《かどわか》しであり、大怪我だった。

「神守様、新しい家には移られましたか」

「七代目のご厚意、われら夫婦、有難《ありがた》く受けることに致しました。ですが、四郎兵衛様の怪我が快復したあとに引っ越しをしたいと思うております」

「さような気がねは無用です。私の血で穢《けが》れた家は職人が入って直したと、番方《ばんかた》に聞きました。きれいになったのなら一日も早く引っ越しなされ」

「ならばそう致します」

そう応じた幹次郎は、

「そろそろお暇《いとま》しようか」

と汀女を見た。頷《うなず》く汀女に四郎兵衛が、

「汀女先生に料理茶屋《ぢゃや》を任《まか》せ切りですみませぬ」

となんとか話を続けて、その場に引き留めようとした。

「四郎兵衛様、私どもに代わって玉藻様がこちらに着替えを持ってこられます。ともあれもう二、三日の辛抱です」

汀女は笑顔で諭《さと》し、

「相庵先生、お芳さん、宜《よろ》しく頼みます」

と幹次郎が挨拶して病間《びょうま》から立ち上がった。

お芳が幹次郎と汀女夫婦を診療所の門前まで見送ってきた。

「お芳さん、ご苦労でしたな。われら、本日の四郎兵衛様の様子を見て安心致しました」

「七代目は運がようございました。傷の箇所が大事な臓腑《ぞうふ》をわずかに外れておりました」

「いかにも、天がまだ四郎兵衛様にやるべきことが残っておると改めて命を授けられたのでござろう」

「神守様、そうは申されますが無理は禁物《きんもつ》です」

「いえ、七代目は会所におられるだけでよい。下働きはわれらがなします」

「戯言《ざれごと》ではなくて湯治にひと月かふた月行かれるとよいのですけど」

お芳もそれが無理なことは分かって言っていた。吉原を覆《おお》う暗雲を振り払わないかぎり湯治などできるわけもなかった。

四郎兵衛がいない間の吉原会所は老舗《しにせ》の妓楼《ぎろう》三浦屋《みうらや》の主《あるじ》、四郎左衛門《しろうざえもん》ら五丁《ごちょう》町《まち》の名主《なぬし》が交替で詰めて運営してきた。とはいえ、妓楼の主には本業があり、慣れない会所の用事は、番方の仙右衛門《せんえもん》や幹次郎がいつも以上に気を張って務めていた。

揚屋町《あげやちょう》名主常陸屋久六《ひたちやきゅうろく》は吉原会所に逆《さか》らい、江戸町《えどちょう》二丁目の喜鶴楼《きかくろう》の主の北村佐兵衛《きたむらさへえ》の下働きとして七代目四郎兵衛を勾引した。

四郎兵衛が助け出された折り、江戸町二丁目の名主北村佐兵衛は神守幹次郎によって始末されていた。だが、常陸屋久六は生き残ったばかりか、未《いま》だ揚屋町の名主を続けていることを小頭《こがしら》の長吉《ちょうきち》は訝《いぶか》しく思っていた。そのことを番方の仙右衛門に訊《き》くと、

「七代目が決めなさったことだ。なんぞ向後《こうご》使い道があると考えてなさるのではないか。それ以上詳《くわ》しく知りたければ、四郎兵衛様か神守幹次郎様に質《ただ》すことだな」

と言われた。

四郎兵衛は未だ怪我が全治していなかった。そこで神守幹次郎に問うた。

「ああ、揚屋町の名主ですか。使い走り程度の小物のせいか、始末を命じられませんでしたな。おそらく七代目は、あの折りの裏切りは生きて償《つぐな》えと久六に命

じられたのではありませんかな」

と裏同心は返答した。

幹次郎自らは、四郎兵衛が五丁町の名主七人の、

「一票」

として常陸屋久六を配下に置いておく考えで存命を許し、万が一の折りには、

「捨て駒」

として利用すると考えてのことだと推察していた。

「まあともあれ、四郎兵衛様の快復は悦ばしいかぎりにござる。番方もこのところ会所に寝泊まりで疲れておられよう」

「それを申されるなれば、神守様とて同じことです。昨日も玉藻様が、『神守様夫婦が会所におられなかったらと思うとぞっとします』と、七代目と話しておられました。うちの人だって、独《ひと》りでは会所を切り盛りできませんでしたよ」

「かようなときに働かんでは申し訳ないでな。いや、素直に申して、四郎兵衛様が倒れておられるときに新たな事態が起こったらどうしようと、番方たちと何度も言い合ってきました」

「幹どの、なぜ四郎兵衛様に大怪我をさせた連中は、この機会を利用しなかった

のでしょうな」

「推察に過ぎぬが、四郎兵衛様の安否を摑《つか》みかねていたのであろう。われら、四郎兵衛様重篤《じゆうとく》、あるいは快復との話を、あれこれと読売なんぞを使ってばら蒔《ま》きましたでな、その話に惑《まど》わされたのかもしれません」

「となると、四郎兵衛様が吉原会所に戻られますと、また過日のようなことが起こりますので」

とお芳が案じた。

「起こらないとは言えまい。ともあれ、七代目が復帰なされた日からわれらは反撃に出る。四郎兵衛様をあのような目に遭わせた人物、必ずや白日《はくじつ》の下《もと》に曝《さら》させ、裁きを受けてもらう」

と幹次郎が言い切った。

「幹どの、肩に力が入り過ぎですよ」

と年上の女房が幹次郎を窘《たしな》めた。

幹次郎が大門《おおもん》を潜《くぐ》ったとき、九《ここの》つ(正午)近くになっていた。

「相変わらず会所の裏同心どのは遅い出勤にござるな」

面番所《めんばんしょ》の隠密廻《おんみつまわ》り同心《どうしん》村崎季光《むらさきとしみつ》が無精髭《ぶしょうひげ》の顎《あご》を突き出して幹次郎に言った。

「柴田相庵先生の診療所を訪ねておりましたゆえ、かような刻限になりました」

「おお、七代目の見舞いか。どうだ、具合は」

「相庵先生の口から初めて、二、三日様子をみた上で吉原に戻ってもよいとのお許しが出ました」

「それはなによりの知らせではないか。大体だ、年寄りが独りで夜の町をふらつくゆえ、無宿者《むしゅくもの》に絡《から》まれるのだ。七代目の形《なり》を見れば、懐《ふところ》にふんだんに金が入っておる金持ち爺《じじい》と、直《す》ぐに見抜こう。その上、七代目独りで抗《あらが》うなど、それこそ年寄りの冷や水だぞ」

「いかにもさようでした」

四郎兵衛の怪我は、浅草奥山《おくやま》で不逞《ふてい》の無宿者に絡まれて受けたということにしてあった。

「ともあれ、頭取のおらぬ会所は重石《おもし》がない漬物のようで、どうもぴりっとしておらぬでな。われらも気を遣《つこ》うたぞ」

「村崎どのにまで気を遣わせ、申し訳ないことにございました」

幹次郎が詫《わ》びて会所に入った。すると、番方の仙右衛門らが古竹で杖《つえ》を造っていた。地下茎《ちかけい》を利用して握り手にした竹杖で、長吉が握り手の部分に古布《ふるぎれ》で磨《みが》きをかけていた。

「七代目の杖ですか、なかなか風情《ふぜい》がございますな」

と幹次郎が褒《ほ》めた。

「この竹を探すのに苦労しましたよ。ちょいと重いのが気がかりです」

長吉が幹次郎に差し出した。全体が飴《あめ》色になった三尺（約九十一センチ）余の杖だった。

「どうれ」

幹次郎が三和土《たたき》に敷かれた筵《むしろ》に杖の先を下ろしてついてみた。

「なかなか具合がよい。七代目の体を支えるにはこれくらいしっかりとしたほうがよいと思われますがな、あとは、ご当人の感触を聞きながら最後の調整をなさるとよかろう。小頭が拵《こしら》えられたようじゃな、なかなかの職人芸、玄人《くろうと》はだしの技ですな」

幹次郎が褒めた。

「神守様、七代目は形を気になさるお方です。杖を使ってくれますかね」

「ううーん、その懸念はあるな。だが、この杖は護身用にもなる。なんとか説得して使っていただけるとよいがな」

と幹次郎は言いながら、

「この握り辺りに長吉さんの気持ちを彫《ほ》り込んではどうだ」

「気持ちを彫り込むって字ですか絵ですか。わっしにはそんな素養《そよう》はございませんぜ。あ、そうだ。神守様、汀女先生に頼んでくれませんか。手本があればできないこともないかもしれませんや」

長吉が願い、幹次郎はどうしようかと迷った。

「村崎の旦那が話す声が聞こえましたが、相庵先生から吉原に戻ってよいと許しが出たんですって」

番方が幹次郎に問うた。

「この二、三日の様子をみて診療所を退所してもよいそうだ」

「それはようございました。相庵先生は慎重居士《しんちようこじ》でございましてね、その口からその言葉が出たとなると、ひと安心だ」

ふたりの問答を聞いて会所の中の空気が軽《かろ》やかになった。七代目が柴田相庵の診療所に担《かつ》ぎ込まれた当初、幹次郎らの胸には、

「死」

のひと文字が浮かんだり消えたりして会所には重苦しい雰囲気が漂っていた。

「それがし、玉藻様に伝えてこよう」

幹次郎は番方らに言い残すと、会所の奥から七軒《しちけん》茶屋の山口巴屋《やまぐちともえや》へ続く戸を開けて引手《ひきて》茶屋の帳場《ちょうば》を訪ねた。そこでは玉藻が四郎兵衛の着替えを風呂敷に包んでいた。

「玉藻様、嬉《うれ》しい言葉が相庵先生から聞かれた」

と前置きして相庵の言葉を伝えた。

玉藻は幹次郎の報告にしばし沈黙して考え込んでいたが、

「またうちが小煩《こうるさ》くなりますね」

と応じたその目は悦びに潤《うる》んでいた。

「われらも安堵致しました」

幹次郎はそう答えながら、未決の騒ぎの決着をつけねばと心に誓った。

会所に戻った幹次郎は、

「小頭、握り手の飾りじゃがな、『七賢老師《しちけんろうし》』という四文字はどうだ」

「どう書きますので」

幹次郎は会所の帳場机の筆を取り、いささか武張《ぶば》った四文字を書いて長吉に見せた。

「ほう、会所七代目と七軒茶屋の主の七をふたつ重ねてもじり、七賢老師ですか。神守様の跳ねるような文字も悪くございませんよ。小頭、試しに他の竹に彫刻してみねえか」

仙右衛門が言った。

長吉が、できるかな、と小首を傾《かし》げながらも、幹次郎の文字を真似て小鑿《こ のみ》で彫り込んでいった。だが、硬くなった古竹に文字を彫るのは難しいらしく、なんともばらばらの字になった。

「これじゃあ、とても『七賢老師』って読めないな」

長吉が頭を抱えた。

「竹の扱いは難しい。割り竹の先で掌《てのひら》に傷を負いながら、手の皮が硬くならないと一人前とは呼ばれないでな」

幹次郎は、遠い昔を思い出すような顔つきで刀から小柄《こづか》を抜くと、その辺にあった竹片に彫り込んでみた。

豊後《ぶんご》は竹細工《ざいく》の盛《さか》んな国だった。岡《おか》城下でも竹細工は盛んで笠や虫籠《かご》、竹籠造りが行われ、下士《かし》が住む長屋でも内職に竹細工をなした。

幹次郎の手は竹を扱った時代に培《つちか》った感触を覚えていたか、なんとか四文字を彫り上げていた。

「おお、これはようございますよ。どうだ、小頭」

「汀女先生の優しい女文字よりもさ、神守様の潔《いさぎよ》い文字が男らしくて、古竹の杖に合いそうだ。ここは一番、神守様が締《し》めてくれませんか」

長吉に願われ、幹次郎が彫ることになった。

幹次郎は長吉の拵えた杖の握り手を上がり框《がまち》に固定させ、小柄の切っ先でひと息に文字を彫り上げていった。

「為七賢老師　会所一同贈」

彫り上げた文字を古布で磨いてみると古竹に艶《つや》が出て握り手に馴染《なじ》み、なんともいい風合に見えた。

「小頭の造った杖に余計なことをなしたかな」

「いえ、神守様、こいつはいい。一段と杖の風格が上がりましたぜ」

長吉が感嘆《かんたん》した。

「神守様、竹の扱いが上手ですな」

「番方、わが故郷の豊後は竹の国でな、子どものころから竹には馴染んできたのだ。そのことを手先が覚えていたと思える」

「どうりでな、きっと七代目は気に入りますぜ」

長吉も満足げだ。

金次《きんじ》ら若い者の手から手へと杖が渡った。

久しぶりに会所に明るい声が響いて、その雰囲気が伝わったか、玉藻が外出姿で顔を覗かせた。

「賑《にぎ》やかね」

仙右衛門が杖を玉藻に見せて経緯《いきさつ》を説明した。

「えっ、長吉さんが杖を造り、神守様が仕上げしてくれたの。お父《とっ》つぁん、間違いなく大喜びするわよ。そうだ、小頭、私といっしょに山谷の柴田先生のところに行って、この杖をお渡しなさいよ。二、三日うちに戻ってくるのならば、今から杖に慣れていたほうがいいでしょ」

「七代目、受け取ってくれますかね」

「最近涙もろいの。皆の前では隠していますけどね。これをもらったら目頭《めがしら》が熱くなって、泣き顔を見せそうだわ」

と思わず玉藻が父親の秘密を漏《も》らした。

「ならば、玉藻様の荷物持ちと見舞いかたがた、この杖を届けますか」

急に長吉も玉藻といっしょに浅草山谷の柴田相庵の診療所に出かけることになった。

金次らが竹杖造りの後片づけを始め、仙右衛門がちらりと奥を見る動きを見せ、

「やっぱり奥座敷に七代目が控えていなさらないと、吉原会所じゃありませんぜ」

「いかにもさよう」

「神守様、七代目の怪我が治る目処《めど》が立ったんだ。いささか急ですが、明日にも浅草寺《せんそうじ》領内の家に引っ越ししませんかえ。わっしらも手伝いますからさ」

「最前、四郎兵衛様にも言われた。それにしても番方、明日か」

「仕度に時が要りますかね」

「なあに、持ち物とてさほどない夫婦だ。それに先日から姉様が片づけているゆえ、いつでも引っ越しができないことはない」

「ならば、汀女先生に断わってそうしませんか」

仙右衛門が急《せ》かした。

四郎兵衛が吉原に帰ったとなれば、過日からの未決の騒ぎが再燃すると番方も

幹次郎も考えていた。ならば、今のうちに引っ越すのも手かと、幹次郎は仙右衛門に頷いてみせた。

二

幹次郎は、料理茶屋を切り盛りする汀女に文《ふみ》を書き、会所の若い衆《わかいし》を使いに立てて明日引っ越しして差し支えがあるかなしかを尋《たず》ねさせた。汀女にも心積もりがあると思ったからだ。

その足で浅草田町《たまち》一丁目にある柘榴《ざくろ》の家を確かめに行くことにした。

同じ町内の二丁目から一丁目に引っ越すだけだが、引っ越しは引っ越し、それなりに大変だ。

なにしろ左兵衛《さへえ》長屋での暮らしは、吉原会所に世話になって以来、五年近くの歳月が過ぎていた。

身ひとつで追っ手にかかる暮らしを十年も続けたあと、吉原会所の持ち物の長屋に住むことになった。慎《つつ》ましやかに暮らしてきたせいか、荷物はさほどないが、長屋の住人と朝晩の顔合わせをする縁が途絶えるかと思うと寂《さび》しさが先に立った。

るとか。

「家に住むとなると小女《こおんな》のひとりも雇わねばな」

足田甚吉《あしだじんきち》が言っていたことを思い出した。懇意の大工の娘が奉公先を探してい
「おれが世話をしてやる」

とのお節介《せつかい》を頭に浮かべながら、柘榴の家の門前に立った。

寺町《てらまち》の通りから幅一間《けん》（約一・八メートル）余の引き込み道が延びている。飛び石伝《づた》いの道の左右には乙女笹が植えられ、小さな石灯籠《いしどうろう》があった。その道を進むと、鉤《かぎ》の手に曲がる突き当たりに枝を横に張った梅の木があって葉を半分ほど落としていた。

（かようなところに梅の木が）

と新たに気づいた。改めて眺めてみると、家も庭も渋好みの凝《こ》った造りというのが分かった。

「ミャオオー」

猫の鳴き声が突然響いた。

日溜まりの庭石の上に子猫が座って幹次郎を見ていた。裏戸の錠前の鍵をその背後に隠してある伊豆石《いずいし》がお気に入りらしい。四郎兵衛が言うには、江戸城の石

垣を普請《ふしん》したときの伊豆石の残りだとか。

「そなた、どこぞの飼猫か」

柔らかそうな黒毛が冬の日差しに輝き、日向《ひなた》ぼっこをしていたらしい。幹次郎の姿に驚いた風もない。精々《せいぜい》生まれてふた月ほどの猫であろう。

「明日には引っ越してくるでな、宜しく頼むぞ」

子猫に声をかけ、隠してあった錠前の鍵を庭石の背後から取った。子猫は鍵を幹次郎が取るために近づいても逃げる風もなく、
みゃうみゃう
と甘えて鳴いた。腹でも空《す》かしているのだろうか。

「そなたに与える食べ物なぞ持っておらぬ」

と手を差し出すと幹次郎の指先をしゃぶった。

「待っておれ、あとで考えよう」

と言い残すと裏戸に回った。

稲刈りの済んだ浅草田圃《たんぼ》越しに吉原が望めた。

幹次郎は裏戸の錠前を外し、鍵を錠前につけたまま戸を開けて台所の土間に入った。

無銘《むめい》ながら江戸の刀研ぎ師が豊後行平《ゆきひら》と見立てた腰の豪刀を外して台所の板の間に置くと、格子戸の内側にある障子《しょうじ》を開けて風と光を入れた。そして、板の間に上がり廊下伝いに雨戸を開いていった。

最後に前庭側の雨戸を戸袋《とぶくろ》に仕舞うと、沓脱石《くつぬぎいし》から、ひょい、と子猫が縁側に跳び上がってきた。

「そなた、己の住まいと勘違いしておらぬか」

子猫は縁側の日溜まりに座って鳴いた。

「なにやらそなたが主《ぬし》のようだな」

四郎兵衛が痛めつけられ、血を流した跡《あと》はきれいに掃除がなされ、畳替えや障子の張り替えが行われて、騒ぎの痕跡《こんせき》はどこにもなかった。

幹次郎は、台所から行平を持ってくると脇差といっしょに八畳間の床《とこ》の間《ま》に置いた。羽織《はおり》を脱いで、台所に汲《く》み置きの水を木桶《きおけ》に入れ、廊下の拭き掃除を始めた。

子猫は動ずる様子もなく縁側に丸くなって寝ている。

どれほど時が過ぎたか、日差しが傾きかけたころ、子猫が鳴き始めた。やはり腹を空かせているのか、と幹次郎が思案していると、

「おや、幹どのが先に見えていましたか」
と声がして汀女が庭先に立った。ひとりだけではなくて見知らぬ娘が従ってい
た。ふたりして手に包みを提《さ》げている。
「幹どの、その子猫は」
幹次郎が経緯を話すと、
「おあきさん、風呂敷包みに煮干しが入っています。手でちぎって子猫にやって
ください」
と娘に命じた。
「どなたじゃな」
「幹どのは初めてでしたね、甚吉さんが口を利《き》いてくれた娘さんですよ。今日、
茶屋に甚吉さんが伴《ともの》うてきたので、幹どのに話す前でしたが家を手伝ってもら
おうかと考えました。ふたりして外で働いておりますからね、不用心でもいけま
せぬ。そう思いませぬか、幹どの」
「それがしでは話にならぬと、甚吉は姉様のところに連れていったか。姉様、雇
う気ゆえこの家に連れてきたのであろうが」
「奉公先を見ぬでは、おあきさんも決められますまい」

「父親は大工という娘さんじゃな」

「はい」
十四、五の娘が元気よく返事をして幹次郎に頭を下げた。体は大きくはないが利発《りはつ》そうな眼差《まなざ》しをしていた。
そのおあきが縁側に提げてきた荷を置くと、ひとつの風呂敷包みから紙包みを出した。なんとも手際《てぎわ》がよい。家で親を手伝い、台所仕事などやらされているのだろう。

煮干しの匂いを嗅《か》いだ子猫がおあきにすり寄っていく。

「姉様、明日引っ越ししてよいのか」

幹次郎は念を押した。

「道具類はほぼ片づけが終わっております。あとは夜具《やぐ》と台所の鍋釜器の類を包み込むだけです」

「会所の若い衆が手伝ってくれるそうな。大八車《だいはちぐるま》で一度運べば事は済もう」

「いささか慌《あわ》ただしゅうございますが、四郎兵衛様のお気持ちを有難くお受け致しましょうか」

縁側では、おあきの手から子猫が煮干しをもらって無心に食べていた。

「汀女先生、この子猫、捨て猫だと思います。一度餌《えさ》をやると居つきますよ」

とおあきが案じた。

「どれどれ、私に抱かせてくれなされ」

汀女が煮干しを食べ終えた子猫を抱いて、

「三毛猫《みけねこ》なれば置屋《おきや》などは繁盛《はんじよう》すると飼いなさるが、そなたのように黒猫の牡《おす》ではね、寺町では飼《こ》うてくれるところがございましょうかな」

と幹次郎を見た。

「うちで飼おうというのか」

「幹どの、なかなか凛々《りり》しい顔立ちですよ」

汀女は黒い子猫が気に入った様子で、

「おあきさん、どうしましょうね。私も幹どのも日中は留守がちです。そなた独りでは寂しゅうございましょう。この猫でもいると気が紛《まぎ》れますよ」

と、こんどはおあきを見た。

「汀女先生、近くの家の飼猫かもしれませんよ。明日引っ越してきた折りにまだこの敷地の中にいたらうちの猫にしたらどうでしょう」

すでに神守家で奉公する気持ちを固めたおあきが答えた。初めて奉公をなす娘にしては受け答えもしっかりとしていた。

「おあきさんの言葉が分かったみたい」

汀女が縁側に子猫を放すと、沓脱石から庭に跳び下りて庭を駆け回って遊び始めた。

おあきを加えて三人で家の中を見て回ることにした。

「台所に棚があると便利ね」

「引っ越したあとにおいおい足りぬものを設《もう》けたり、買い足したりするしかあるまい。暮らしてみぬと分からぬものがあろう」

と応じた幹次郎が、

「おお、そうだ。おあきに部屋を見てもらおう」

玄関脇の三畳間におあきを連れていった。

格子窓越しに梅の木があって、その向こうに門からの飛び石伝いの道が見通せた。最前、幹次郎が飛び石道から見た風景を、梅の木を挟んで反対側から見ていた。

「ここが私の部屋ですか」

おあきがそう言うと無言で部屋を見回し、格子窓越しに飛び石道を眺めた。

三畳間には格子窓の下に一尺（約三十センチ）幅の板張りがあるために窮屈な感じはしなかった。

「どうかしら」

「うちはお父つぁんにおっ母《か》さん、私を頭《かしら》にふたりの弟と妹の六人でひと部屋に寝起きしていました。私独りでこの部屋に住めるなんて夢のようです」

と嬉しそうな顔をした。

「私たちも長屋からこちらに引っ越してくるのよ。幹どのの働きを吉原会所の頭取が認めてのご褒美《ほうび》、贅沢なのは私たちもいっしょよ」

汀女が応じた。

「姉様、おあきの夜具はあるか」

庭の見える廊下に汀女とふたりだけで戻ってきたときに幹次郎が尋ねた。

おあきは自分の部屋がよほど気に入ったか、三畳間に残っていた。

「玉藻様が並木町《なみきちょう》の山口巴屋で使っているものをひと組都合してくれました。明日にはあちらからも荷が届きます」

「よし、明日の夜からはこの家の屋根の下で眠ることになる」

幹次郎は己に新たな決意を言い聞かせた。その視線の先で子猫が飛び回って遊んでいた。

黒猫が　遊ぶ庭先　冬日和

幹次郎の頭に文字が浮かんだが直ぐに消えた。

この日、二度目に柴田相庵の診療所に四郎兵衛を訪ねた。すると伏見町《ふしみちよう》の天《てん》神屋初蔵《じんやはつぞう》が見舞いに来ていた。

初蔵は妓楼の主にして、伏見町の名主を務めていたが、少し前に辞めていた。

「神守様、まさか七代目がかようなことになっているとは知りませんでね、ええ、女房の兄さんが亡くなりましてね、弔《とむら》いから家の後始末まで頼まれましたのさ。ために甲州道中《こうしゆうどうちゆう》の八王子宿《はちおうじしゆく》にひと月ほどいる破目《はめ》になりましてね、義理を欠いてしまいました。ただ今、七代目には詫びたところです」

と初蔵が如才《じよさい》なく幹次郎にまで言葉をかけて、

「七代目、明後日《あさって》にも吉原に戻れると聞いてひと安心しましたよ。ただ今の吉原は、三浦屋さんと七代目の両輪で動いているのです。四郎兵衛さんが欠けるなんてことになったら大事《おおごと》だ。神守様、精々ね、七代目の手伝いをしてくだされよ」

と願って、座敷を出ていった。

「天神屋の女将《おかみ》は八王子の出でしたか」

「たしかに。八王子の機屋《はた》が潰《つぶ》れて、その娘が天神屋の遊女に売られてきたんです。それを若き日の初蔵さんが目をつけて、女房になさったんですよ」

と説明した四郎兵衛が、

「初蔵さんの女癖は若いころからでね、度々再々のことです。こんども義兄が死んだ後始末だなんて言い訳しておられますがね。私は新たな女ができて、どこぞで暮らしているんじゃないか、と睨《にら》んでます。なにしろ初蔵さんより女房のおのりさんのほうが妓楼商いは一枚も二枚も上手《うわて》です。ふつう女将と抱《かか》え女郎《じょろう》はいがみ合うものですが、おのりさんは女郎衆に信頼がある。初蔵さんの座は危のうございますな」

「伏見町の名主を壱刻楼《いちこくろう》の蓑助《みのすけ》さんに代わられたのは、さような経緯もあってのことですか」

「初蔵さんは体調が思わしくないのでと私に名主を退《しりぞ》く理由を説明されましたがな、実際は妓楼の主が女狂いで、女房のおのりさんに引導《いんどう》を渡されてね、名主を続ける気も失《う》せたんですよ」

「いかにも、病には見えません」

「久しぶりに吉原に戻ってみると、天神屋の抱え女郎も奉公人もおのりさん贔屓《びいき》で居場所がない。そこでさ、私にもう一度妓楼の実権を取り戻し、五丁町の名主に還《かえ》り咲きたいと泣きついてこられたのさ。それが本日の見舞いの実態です」

「七代目も楼の夫婦《めおと》の間まで世話はできますまい」

「まあ、とくとおのりさんと話し合いなされと説得しましたがな、初蔵さんも還《かん》暦《れき》間近だ。こんどの女次第では、ほんとうに吉原に居場所がなくなりますよ」

四郎兵衛が嘆息《たんそく》した。

朝方より声音《こわね》がしっかりとしていた。

天神屋初蔵が身の上相談に来たことが、四郎兵衛に元気を与えたようだった。

「神守様はまたなんですね、一日に二度も見舞いというわけではございますまい。それともなんぞ吉原に起こりましたかな」

「いえ、そうではございません」

と前置きした幹次郎は、急に引っ越しすることになった経緯を話し、許しを乞《こ》うた。

「いよいよ決心してくれましたか。こちらにはよい知らせです」

四郎兵衛が幹次郎の話を喜んでくれた上で、

「神守様も番方も、私が吉原会所に戻ったら、私を狙う騒ぎが繰り返されると考えましたか」

と幹次郎に質した。

「七代目のお考えはいかがです」

四郎兵衛はしばし沈黙した。

「神守様、こたびの怪我はね、神様が与えてくれた運だと思っております」

「死ぬか生きるかの大怪我を負わされたのでございますよ。それを運と申されますか」

「神守様、こうして生きております」

「それはそうですが」

「私に考える時をこの怪我が作ってくれたことが運だ、と申し上げたのでございますよ。会所におれば、あれやこれやの雑用に追いまくられて考える暇もございません」

幹次郎は首肯《しゅこう》すると、

「考えた結果、なんぞ思いつかれましたか」

「神守様、未だ整理がついておりません。ですが、ひょっとしたら、と思い当たる節《ふし》はございました。そいつを診療所から吉原に戻ったら、昔の書付《かきつけ》などを繙《ひもと》きながら、詳細に吟味《ぎんみ》してみます。そして私なりに答えを出します。その折りは、神守様に相談申し上げます」

幹次郎は四郎兵衛に頷いた。

「なんぞ引っ越し祝いを考えねばなりませんね」

「七代目、すでに大きな引っ越し祝いを頂戴しております。追っ手にかかって流浪《ろう》の旅を続けていた私どもを会所に拾い上げてもらったばかりか、こたびは立派過ぎる家まで用意していただきました。これ以上の祝いなどあるものではございません。滅相《めっそう》もない」

幹次郎は話柄《わへい》を転じて、汀女と柘榴の家で会ったことや、留守番として小女を雇ったことや、黒い子猫がいたことなどを話した。

「黒い子猫ですか。私ども縁起商売では、三毛猫を大事にします。漁師といっしょで、三毛猫は商売繁盛の運を招くと言われてましてな。とくに三毛猫の牡となると、何百両もの値で取り引きされます」

「えっ、たかが猫一匹に何百両もの値がつくのですか」

「神守様もご存じございませんか。古来、三毛猫には牡はおらぬと言われておりましてな、三毛猫は牝《めす》と限ったものでございます」

「三毛猫は牝だけでございますか」

幹次郎は猫を愛玩《あいがん》する余裕などこれまでなかった。ためにそのようなことを気にしたこともなかった。

「ところが世の中には不思議なことが起こるもので、三毛猫にも何千匹に一匹だか、牡がおるのですよ」

「ほう、希少《きしよう》な三毛猫の牡ゆえ、何百両もの値で取り引きされるのでございますな」

「はい」

「柘榴の家の黒猫は、まずさような運は持っておりますまい」

「猫にとって何百両で取り引きされようと、運がよい証《あか》しにはなりますまい。私の託宣《たくせん》ですがな、その黒毛の子猫は神守家に運を招きそうな気がします。お飼いなされ」

「すでにどこぞの飼猫かもしれません」

「あの界隈《かいわい》は寺や富士稲荷《ふじいなり》の境内があるのみ、長屋も家もありません。飼猫ではございませんよ、神守家に飼われるために神様が遣わされた黒猫にございますよ」

「ご託宣があったところで、これ以上の運は御免《ごめん》です。運の次には、不運が巡りくるのがこの世の習わしです」

「神守様は、なにごとにも醒《さ》めておいでですな。剣の達人というものは、そのような考えをなされるものですかな」

と四郎兵衛が首を傾げ、

(神守幹次郎こそ私の護《まも》り神《がみ》だ)

と胸の中で考えていた。

三

幹次郎が二度目の四郎兵衛への面会を終えて吉原に戻ると、昼見世《ひるみせ》の最中で、相変わらず憮然《ぶぜん》とした顔で面番所の村崎季光同心が大門の内側に立ち、

じろり

と幹次郎を見た。

「なにやら慌ただしく動いておるではないか。面番所と会所は一心同体ではあるが、いいか、裏同心どの、会所はあくまでわれら町奉行所隠密廻りの支配下にあるということを忘れるでないぞ」

「なんぞそちら様の機嫌を損ねることを、それがし、なしましたかな」

「おぬし、慌ただしく吉原を出入りしているではないか。かようなときは、会所が隠れて動いておるときだ。新たになんぞ企《たくら》んでおらぬか」

「村崎どの、なかなか観察が行き届いておりますな」

「やはりな、わしの勘が当たった」

「急な話にございます」

「うむ、それで。廓内《くるわうち》に関わりのある話であろうな」

「あるといえばある、ないといえばない」

「紛らわしい言い方はよせ。おぬしが誤魔化《ごまか》すときに用いる言葉遣いはな、わしくらいの老練《ろうれん》な隠密廻り同心になると、裏を見通す。おぬしの一挙一動からなにかが起こっておると見抜けるのだぞ」

「ならば申し上げます」

「正直に言うのだ」

「明日は引っ越し、明後日は七代目が会所に戻ってくる日です」

「なんだ。それは」

「正直に申せと言われますから申しました」

「なんだ、引っ越しとは」

「神守幹次郎と汀女夫婦は長年世話になった浅草田町二丁目の長屋を出て、一丁目の寺町にある借家《しやくや》に引っ越します。それが明日です。ゆえに忙しく動き回らざるを得ませぬ」

「なにっ、寺町の借家とは」

ご存じございませんでしたか、と前置きした幹次郎は、適当に話を掻《か》い摘《つま》んで一軒家に引っ越すことに決めたことを告げた。

「ほう、庭つきの一軒家に引っ越しか。裏同心どのも出世なされたというわけだ」

と皮肉を村崎同心が言った。

「長屋もその一軒家も会所の持ち物です、借家人の身分に変わりはござらぬ」

四郎兵衛が神守夫婦のこれまでの功績として柘榴の家を贈る心積もりのことは

村崎同心に話さなかった。

「おぬし、一軒家の暮らしというものが分かっておらぬな。たしかに長屋から一軒家に移れば、壁越しに隣人の鼾《いびき》も聞こえてこぬ、厠《かわや》も夫婦で使える。じゃがな、費《つい》えは長屋の暮らしとは違い、あれこれとかかるものじゃぞ。頭取の言葉につい、そなたら夫婦、乗ったのであろうが、これまで三文《もん》で済んだものが五文、あるいは十文になると思え」

「心して倹約《けんやく》に相努めます。それで、引っ越しをしてようございますな」

「会所の持ち物から持ち物に引っ越すのに、なんでわしの了解を得ねばならぬ。面番所の隠密廻りはそれほど暇ではない」

「いえ、会所は面番所の監督下にあって、それがしは村崎季光どのとは違い、陰の者、いるのかいないのか分からぬ裏同心にござれば、一応ご納得をしていただきませんと」

「わしは、おぬしが御用で飛び回っているのかと質したのだ。夫婦が引っ越すぐらいのことにわしが納得する要もあるまい」

「お尋ねゆえ申し上げましたものを」

幹次郎がぶつぶつ呟《つぶや》きながら吉原会所に向かい、村崎同心を振り返って、片手をひらひら振ってみせた。

「なんだ、その手は」

「ご機嫌はいかがかと」

「一文にもならぬ話に付き合わされたのだ。いいわけがなかろう」

「世間では、引っ越し祝いという習わしがあるそうです。村崎どの、うちは慎ましやかに暮らしますすで、引っ越し祝いなど考えんでくだされ」

「だれが引っ越し祝いを出すと申した」

村崎同心はようやくからかわれたと気づいたか、ぷんぷん怒って面番所に入っていった。

それを確かめた幹次郎は、会所の戸を開けて敷居を跨《また》いだ。すると、番方らがくすくすと笑いながら、幹次郎を迎えた。いつものように村崎同心とのやり取りを聞いていたらしい。

その中に馬喰町《ばくろちよう》の煮売り酒場の料理人竹松《たけまつ》の顔が交《ま》じっていた。

「だんだんと村崎様へのからかい方が巧妙複雑になってきますすな」

「番方、口が悪い。それがし、村崎どのが問われたことに真摯《しんし》に答えたまでにござるぞ」

「あの同心、勘は決してよいとは言えないからな。神守様の舌先に乗せられて喋《しゃべ》りよる喋りよる」

小頭の長吉が話に加わった。

「ご一統《いっとう》に誤解なきよう申し上げておく。村崎どのとの話にはなんの他意《たい》もございませんぞ」

はいはい、と長吉が返事をした。

「竹松どの、仕込みに忙しい時分ではないのか」

話柄を転じるために幹次郎は、竹松に視線を向けた。

「小伝馬町《こでんまちょう》の牢《ろう》屋敷から文が届きましたんでね」

「左吉《さきち》どのはまたお勤めか。身代わり稼業《かぎょう》、なかなかの繁盛じゃな」

牢屋敷から文と言われれば、身代わりの左吉からとしか思い当たらない。

「町奉行所も時節時節に大店《おおだな》なんぞに手を入れて、小遣い稼ぎをするんだそうです。だから、左吉さんも牢に入ったり出たりと忙しい」

身代わりの左吉の仕事は、強盗だ、女犯《にょぼん》だ、殺しだなどという重大な罪咎《つみとが》には関わりはない。商いの上で奉行所の目に留まった違法行為の懲《こ》らしめのために牢送りの沙汰《さた》を命じられた大店の主や番頭に代わって牢勤めをなすのだ。

むろん、町奉行所、牢屋敷のお目こぼしの上に成り立っていた。お店《たな》からは然《しか》るべき筋にそれなりの金子《きんす》が届けられ、左吉も懐が潤《うるお》うという仕組みだった。

幹次郎は竹松から結び文を受け取ると、披《ひら》いて読んだ。

「今宵《こよい》五つ（午後八時）牢屋敷から放免なり。お出迎えを乞う　左」

とあった。

初めてのことであった。

「なんですね、牢屋敷から文なんて。下男《げなん》に命じて外に文を持ち出させるにも金要りでしょうに」

仙右衛門が首を捻《ひね》った。

下男とは文字通り牢屋敷の下級の使用人だ。

「今日、昼過ぎに牢を出された男がこの結び文をうちに届けに来たんですよ。そいつ、うちで酒を五合《ごう》と昼餉《ひるげ》をたっぷり食っていきやがった」

竹松は文が届いた経緯を説明した。

幹次郎は仙右衛門に文を見せた。ちらりと一目で文面を読んだ仙右衛門が、

「これまでかようなことがございましたか」

と幹次郎に問い、竹松が首を横に振った。

「ない、ござらぬ。なんぞ伝えたいか、いや違うな」

幹次郎は首を捻った。そして竹松に、

「承知した」

と応じた。

竹松はちょっと吉原に心を残しながら、会所を出ていった。竹松は吉原で長年の夢を叶え、男になったのだ。だが、今は必死で料理人修業に努めていた。一人前になるまで、吉原との縁は封印というわけだ。

「吉原に関わることで、なんぞ急ぎ知らせることがあるのでしょうかな」

「あるいは牢内でなにか身に降りかかる危険を察知した左吉どのは、それがしに助けを求められたか」

「どちらにしても行かれますな」

幹次郎が頷くと、

「明日の引っ越しは、若い衆四人ばかりと大八車を出しますからご安心ください。玉藻様も汀女先生には明日は休んでもらいますと言うておられました」

仙右衛門が告げ、幹次郎は、

「どのようなことが待ち受けておるか分からぬ。ゆえにいつ何刻《なんどき》までに帰るとは約定《やくじょう》できぬ。その際は、番方、姉様の手伝いを願おう」

と素直に厚意を受けることにした。


江戸の世の刑罰は、正刑《しょうけい》、属刑《しょくけい》、閏刑《じゅんけい》の三種に分かれていた。その三種が、生命刑と身体刑、自由刑、労役刑《ろうえき》、追放刑、財産刑、恥辱刑《ちじょく》、貶黜刑《へんちゅつ》、叱責刑《しっせき》などに分かれ、それぞれに軽重《けいちょう》の区分がつけられていた。

これら江戸時代の刑罰は、平安朝《へいあん》など王朝時代の、

「笞《ち》、杖《じょう》、徒《ず》、流《る》、死《し》」

の五種を踏襲して、さらに複雑な細分化を図ったものだ。

正刑の中で最も軽いものは、

「呵責《かしゃく》」

と呼ばれる。

呵責には、「叱《しか》り」と「急度《きっと》叱り」のふたつがあった。罪人の不心得をしつこく言い聞かせるという内容だが、町奉行所が行うもの、町役人《ちょう》が行うもの、同心が自身番《じしんばん》で叱りつけるものがあった。自身番で定町廻《じょうまちまわ》り同心が行う「叱り」の対象は、酔っぱらって他人に迷惑をかける類だ。

町奉行所で吟味の上に沙汰が出た「叱り」は、町名主、家主《やぬし》、差添人《さしぞえにん》同行で叱責を受ける。

左吉が受ける罰は、これら町奉行所が取り扱う正刑、属刑、閏刑とは別で、経済事犯などのような商いで差し障りがあった者を牢屋敷に収牢し、

「懲らしめ」

を受ける罪人の身代わりになって牢屋敷に十数日前後しゃがむものだ。

幹次郎は、着流しに深編笠を被《かぶ》り、行平を一本差しにして、小伝馬町の牢屋敷の門が見える暗がりに潜《ひそ》んでいた。

だが、左吉が指定した五つの刻限が四半刻《しはんとき》（三十分）、半刻《はんとき》（一時間）と過ぎても牢屋敷の通用門が開けられる気配はなかった。

ついに本石町《ほんごくちょう》の時鐘《ときのかね》が四つ（午後十時）を告げた。

それからしばらくして着流しの男が独り、牢屋敷の門内をちらりと見て足早に通り過ぎた。

すると、ぎいっと音を響かせて通用門が開き、

「出よ」

と声がして、左吉が姿を見せた。

左吉がよろめくように表に出ると、ふたたび音がして通用門が閉じられた。

しばしその場に佇《たたず》んで辺りを窺《うかが》っていた左吉は、愕然《がくぜん》と肩を落としたように竜閑川《りゅうかんがわ》に架かる九道橋《くどうばし》へと歩き出した。

幹次郎は、左吉が自分の住まいに戻るのだと見当をつけた。これまで左吉が自らの住まいを明かしたことはない。どうしたものかと迷っていると、不意に黒い影が五つ、牢屋敷の門前に現われ、左吉が向かった先へと尾《つ》けていった。

(やはり左吉どのは身の危険を感じてそれがしに助けを求めたようだ)

と幹次郎は考えながら、五人のあとをさらに追っていった。

五つの人影のうちのひとつは最前牢屋敷の門前を窺いながら通り過ぎた男だった。残りの四人は、ふたりが浪人者《ろうにんもの》、ふたりが無宿者の風体《ふうてい》だった。

左吉は、気づいているのかいないのか、一定の足取りで竜閑川の九道橋に差しかかった。

すると、橋の上には黒羽織に袴《はかま》の武家が待ち受けていた。

左吉は、そのとき、前後を挟まれたことを悟《さと》ったようで、欄干《らんかん》を背にして身構えた。

後ろの五人が橋の手前で歩みを止めた。

だれもなにも言葉を発しなかった。

牢屋敷の塀際の暗がりを伝い、幹次郎も詰めた。

だれも動かない。

長い時が流れたように思えた。

「身代わりの左吉じゃな」

黒羽織に袴の武家が初めて言葉を発し、質した。低声《こごえ》だ。一見年寄りに見えたが、意外と若いようでもあった。

左吉は答えない。背にした欄干から竜閑川に飛び下りるしか助かる道はないかと、思案しているような様子だった。

「動けば、死ぬことになる」

と羽織の男が言い、五人の中にいた着流しの男が懐から何かを出して左吉に狙いを定めた。南蛮渡来《なんばんとらい》の短筒《たんづつ》のようだ。

「口を封じよ」

羽織の男が非情な宣告をなした。

浪人者ふたりが抜刀した。

「いかにもおれは身代わりの左吉だ。おれがなにをしたえ。おりゃ、おまえさん方をだれひとりとして知らねえ。その口を封じようって魂胆《こんたん》が知れねえな」

「己に訊《き》いてみよ」

「おりゃ、この十数日余り、牢にしゃがんでいた男だぜ。それが身代わりの左吉の、おれの仕事だ。なんの不都合があるよ」

「山東京伝《さんとうきょうでん》の弟子、歌三《うたざ》を承知じゃな」

「おお、あいつとはこたびの牢入りで知り合いになった。あいつは二、三日前に牢を出たぜ」

「いかにも牢は出た。だが、師匠京伝のもとへは姿を見せることはできなかった」

「どういうことだ。待てよ、歌三さんも夜中に放免されたな。まさか、てめえら、歌三さんを殺したんじゃあるまいな」

「始末をした」

「なぜだ」

と左吉が叫んで質した。

「牢で見聞きしたことを外に持ち出されるのは敵《かな》わぬでな」

左吉に答えた羽織の武家が、殺せ、と命じた。

南蛮短筒に牽制《けんせい》された左吉は竜閑川に背から落水しようにも動けなかった。

剣を構えた浪人ふたりがゆっくりと左吉との間合を詰めた。できることならば、刺客《しかく》らも江戸市中で銃声を響かせたくないのであろう。

浪人のひとりが八双《はっそう》に剣を立てたとき、行平を抜いて峰《みね》に返した幹次郎が牢屋敷の塀の暗がりから飛び出すと一気に間合を詰め、南蛮短筒を構えた着流し者の背に迫った。

気配を感じた着流し者が後ろを振り返ったとき、幹次郎の峰打ちが相手の胴に決まり、欄干へと吹き飛ばした。その手から南蛮短筒が左吉の足元へと転がった。

「左吉には仲間がおるぞ」

羽織の武家が警告を発した。

そのときには幹次郎の刀は、無宿者ふたりが懐から匕首《あいくち》を抜く間も与えず、その肩口と胴に峰打ちを痛撃した。

三人が一瞬にして九道橋の上に転がっていた。

浪人者のひとりが幹次郎に向き直った。もうひとりもちらりと幹次郎を窺った。

その隙《すき》を左吉は見逃さなかった。足元の南蛮短筒を拾うと、八双に構えた浪人に狙いをつけた。

幹次郎は峰を刃に返し、するすると間合を詰めた。

左吉の手の南蛮短筒を見た浪人が、

「ちぇっ」

と舌打ちした。

ふたり目の浪人が幹次郎に斬りかかってきた。修羅場《しゅらば》を潜り抜けてきた剣法だった。

だが、生死の境を潜り抜けた数では幹次郎のほうが上手だった。踏み込んできた相手の剣に行平を合わせると、巻き落とした。

一瞬の早業《はやわざ》だった。

「うっ」

と素手《すで》になった相手が立ち竦《すく》んだ。

「これで形勢が逆転したな」

幹次郎の言葉に羽織の武家が身軽にもするすると後退して、町屋の九軒町《くけんちょう》と小伝馬上町《かみちょう》の間へと引いた。

「許す、下がれ」

幹次郎が命じると南蛮短筒の男を残して四人が羽織の武家のもとへと下がった。

「左吉、次の機会には必ず命をもらう」

と宣言した武家らが町屋の奥へと消えた。

「助かりましたぜ」

左吉が言い、まだ意識を喪《うしな》い橋の上に転がっている着流しの男の懐を探ると革袋《かわぶくろ》を摑み出し、

「身代わりの左吉が命を狙われたとなりゃ、こっちも備えをしておかなきゃあね」

と呟き、鉄砲玉が入っている革袋を幹次郎に見せた。

四

半刻後、幹次郎と身代わりの左吉は、馴染《なじみ》の虎次《とらじ》の煮売り酒場の小上がりで向き合い、熱燗《あつかん》の酒を酌み合っていた。

店の奥に住まいがある虎次は、夜分に起こされたにも拘《かか》わらず、ふたりの顔を見ると、黙って店に入るよう促《うなが》してくれた。

左吉の顔がいつもと違い、不安と恐怖に包まれているのを見たからだろう。左吉が牢から虎次の店を経て、神守幹次郎に文を出したことも、異変の前兆とみて、

「もしかしたら」

と構えていた様子でもあった。

幹次郎は、左吉に従って虎次の店の裏口からは入らず、

「左吉どの、先に呑んでいてくだされ。それがし、われらを見張る者がおらぬかどうかこの界隈を調べて参る」

と言い残すとまた馬喰町の通りに出て、辺りを軒下《のきした》から見回し、しばしその姿勢で待った。さらに間を置いて、虎次の酒場の周りを暗闇伝いに探って歩いたが、最前の殺し屋の仲間が幹次郎らを尾けてきた気配はなかった。

あの者たちは左吉が牢屋敷を出ることだけを知らされていたと見える。左吉の住まいやふだんの暮らしぶりは知らないようだと判断した。それに幹次郎が密《ひそ》かに左吉の放免を迎えに出ることにも気づいていなかったのだ。

ひとまず安心した幹次郎は、虎次の酒場に戻った。すると、左吉が虎次と話をしていた。

卓の上には熱燗の酒と急いで用意した肴《さかな》が並んでいたが、手をつけた様子は

ない。幹次郎を待っていたのだ。

腰から行平を外す幹次郎に、

「今晩ばかりは、覚悟しましたぜ。いやさ、牢を出ても神守様の姿はねえし、竜閑川の橋で挟み込まれたときには、身代わりの左吉、年貢の納めどきとね、目を瞑《つむ》ってね、がたがた震えていた」

「それがしには、平然としているように見えたがな」

と応じながら、幹次郎は手の行平を小上がりに置いた。

「ともかくだ、命あっての物種《ものだね》だぜ、左吉さんよ。この辺が商売の切り上げどきじゃねえかえ」

「親方、切り上げどきもなにも、ありゃ、牢屋敷がつるんでなきゃあできない相談だ。しばらく商売はやめだ」

左吉は今夜の騒ぎになるきっかけが牢屋敷にあることを示唆《しさ》して、ようやく目の前の茶碗を手に取った。

「神守幹次郎様は命の恩人だ。向後、吉原に足を向けて寝られないや」

幹次郎も左吉に付き合い、茶碗を摑み、

「それは相身互《あいみたが》いであろう」

ふたりは熱燗を呑み合った。

幹次郎は口に含んだ程度だが、左吉はごくごくと喉《のど》を鳴らして茶碗酒を呑み干し、

「ふうっ」

と大きな息を吐き、

「命は惜《お》しくねえが、この酒と縁が切れるかと思うとこの世が名残惜《なごりお》しい」

と漏らした。

「虎次親方、しばらくこの場を借りたい。休んでくれぬか」

「好きなように使いなせえ。左吉さん、眠くなったらあそこに綿入《わたい》れを置いておいた。なにをするにも夜が明けてからのほうがよさそうだ」

と言い残して夜の店から姿を消した。

幹次郎は左吉の茶碗に二杯目を注《つ》いだ。それを口に持っていきかけた左吉が、

「なんともね」

と呟いた。

幹次郎は茶碗酒に口をつけて舐《な》めるように酒を呑むと、

「牢暮らしに慣れた左吉どのも初めての経験かな」

「そうなんでございますよ。わっしがこの稼業を始めたのは、かれこれ十七、八年前のことだ。いえね、わっしの親父は、堅気《かたぎ》の大工でしてね、出入りの得意先が何軒かございました。その一軒に味噌、醬油、味醂《みりん》なんぞを扱う問屋がございましてね、そこの大旦那がお上《かみ》のご定法《じょうほう》に触れることをして、町奉行所に引っ張られたんでございますよ。結局、沙汰は押込《おしこめ》でございました。いえね、牢屋敷にしゃがむんじゃない。お店の表戸を閉めて、大旦那は一室に籠《こも》って外から接見、音信《いんしん》は禁じられる。その大旦那は牢格子をわざわざ造らされはせずとも、土蔵に閉じ込められて三十日の座敷牢ってやつですよ。

親父にね、大旦那は歳の上に喘息《ぜんそく》持ちだ、風邪でも引くと大事だ。おめえ、身代わりをしてくれないかって頼まれましてね。わっしは、そんな馬鹿なことができるものか、と返事をしたんですけどね。親父が言うには〝銭がものをいうのが世間様だ。お店では見廻りに来る町方《まちかた》役人に金を渡して口は封じてある。左吉、おめえが大旦那の身代わりに土蔵で三十日我慢すれば、五両くれなさる〟と言うんでね、つい受けました。神守様、これが身代わりの商い始めでしたよ。以来、長い歳月、牢屋敷に出たり入ったりしてきましたが、わっしは牢の中での殺しを初めて見たんですよ」

「牢の中で殺しがあったとな。喧嘩《けんか》沙汰かな」

幹次郎の問いに左吉は首を横に振った。

「喧嘩なんぞは無宿者の入る二間牢《にけんろう》でのことですよ。大牢は牢名主がしっかりとしていれば、そう喧嘩が起こるもんじゃございません。適当なところでふたりを分けて、諍《いさか》いの因《もと》を問い質し、双方にキメ板を食らわす程度の罰を命じて事が収まる。だが、こたびの殺しは、牢名主も口出しできないものでございました……」


左吉がこたび小伝馬町の牢屋敷の大牢に入ったのは、秋の終わりだった。知り合いの薬種《やくしゅ》問屋の旦那に身代わりを頼まれてのことで、二十日ばかりしゃがむ約束だった。

ちなみに牢屋敷の大牢とは、人別帳《にんべつちょう》に記載されている者が入る牢で、無宿者は二間牢に、身分のある者、下級御家人《ごけにん》、陪臣《ばいしん》身分の者は、揚屋《あがりや》に区別して入れられた。

牢内は、囚人たちの自治に任されていた。それは世間よりも厳しい階級社会で、初めての者には「地獄」とも思える暮らしだった。

大牢を仕切る牢役人（牢内役人。囚人の中から選出される）を頂点にして、厳しい序列によってすべてが決まった。この習わしは公設ではないが、長い歳月の間に自然に決められた不文律《ふぶんりつ》で、町奉行所でも、

「牢内掟《おきて》の事」

として認めていたから、事実上、牢内の囚人による自治は公の仕来《しき》たりであった。

この「牢内掟」とは、

「一　囚人に無高下《こうげ》座席、上席下席と不相隔込合《こみあい》不申候差置色々座《さしおきいろいろざ》を定め間敷旨《まじき》牢内法度《はっと》書にも有之、且《かつ》牢内畳を積み置き平囚人を片寄押《かたよせおし》すくめ置申間敷旨並名主外一牢にて十二人ずつの外品役名《ほかしなやくめい》を付候法度に有之候」

というもので、囚人の階級差によって牢内の秩序が保たれていた。牢内掟では十二人の牢役人が許されており、

名主（牢名主）　一人
添役《そえ》一人　病人などの世話方
角役《すみ》一人　新入りの囚人に出入心得を告げる役

二番役一人　角役の手助方

など、さらに三番役から詰之番助番《つめのばんすけばん》まで細かな役目が決まっていた。

小伝馬町に頻繁《ひんぱん》に出入りする左吉は、牢名主の黙認で客分の身分で畳三枚を頂戴できた。このためには、高額な金子を牢名主に渡す要があった。この牢内に持ち込まれた金子を、

「蔓《つる》」

と呼び、その額で扱いが変わった。

ただ今の牢名主は、博奕打《ばくちう》ちの親分だった牛込五軒町《うしごめごけんちょう》の駒蔵《こまぞう》だった。歳は還暦前だが、体つきは大きく、貫禄《かんろく》もあった。

左吉が入って三日目、新入りの喬之助《きょうのすけ》という男が角役の壱助《いちすけ》に延々と牢内の仕来たりを教え込まれ、復唱させられた。習わし通りに牢名主の駒蔵に隠し持ってきた「蔓」、五両の小判を渡した。

「新入り、なにをやらかし牢入りした」

駒蔵に問われた喬之助は、

「酒の上から喧嘩に及び、相手に怪我をさせてしまいました」

と恐縮の体《てい》で答えた。

「一人《いちにん》対一人の喧嘩か」

「いえ、相手は三人にございました」

「おめえひとりが三人に怪我を負わしたか」

「相手は多勢と思い、油断した隙を突いたのが功を奏《そう》したと思いますが、こっちも殺されまいと必死でした」

「得物《えもの》は手にしていたか」

「相手は匕首、私は中間《ちゆうげん》道具の木刀にございました」

「渡り中間か」

へえ、と畏《かしこ》まった喬之助を左吉は、中間なんかではない、侍だと推察した。

さらに二日後に、山東京伝の弟子の歌三が新しく入ってきた。

師匠の山東京伝の洒落本《しやれぼん》が発禁処分を受けたあおりで、弟子の歌三も牢に入れられたらしい。

新入りが喬之助から歌三に代わり、喬之助はほっとしていた。

歌三は洒落本作りに関わっていただけに、いくらでも話のタネは持っていた。

ために牢内が退屈せずに済んだ。

左吉は、山東京伝と知り合いということもあり、歌三の面倒をみた。そして、そのふたりに喬之助が近寄り、なんとなく三人組ができた。

左吉は牢名主の駒蔵に呼ばれた。

「左吉、牢内でおれの許しなしになにごともやっちゃならねえ」

と耳打ちされた。

「牢名主様、わっしがなんぞご不快な思いをおかけしましたか。直ぐにも改めます。お許しください」

左吉は初めての警告に頭を床に擦《こす》りつけて謝った。これまで駒蔵のために何度か使いを果たしていた。ために左吉はどこかで気が緩《ゆる》んでいたのかもしれない。

「左吉、新入りをおめえ、手懐《てなず》けたな」

「いえ、決してさような魂胆はございません。二度と致しません」

「今度ばかりは見逃す」

と駒蔵が言った日の夕暮れ、ふたりの新入りが大牢に入ってきた。ふたりして眼差しが険《けわ》しく牢暮らしにも慣れていた。

名は、ひとりが与助《よすけ》、もうひとりが五郎《ごろう》と名乗った。

だが、娑婆《しゃば》の名前を名乗ったとも思えなかった。

与助は六尺（約百八十二センチ）余、二十数貫（九十キロ前後）の巨漢で、五郎は五尺七寸（約百七十三センチ）余、細身だが機敏《きびん》そうな体つきだった。

角役の壱助の注意もそこそこに牢名主の駒蔵の積み重ねた畳の前で平伏《へいふく》したふたりは、じろり、と駒蔵を上目遣《うわめづか》いに見上げた。すると、駒蔵が、

ぶるっ

と身を震わせた。そして、ふたりの内のひとりが中腰になって着物の縫い目に隠した小判、蔓を駒蔵に差し出すと、なにごとか囁《ささや》いた。

駒蔵の顔色が真っ青になった。

だが、ふたりの入牢《じゅろう》に恐怖を感じたのは駒蔵だけではなかった。喬之助の顔色も変わっているのが左吉にも分かった。

（知り合いなのか）

その夜のことだ。

季節はすでに冬へと移っていた。

何十人もの囚人が犇《ひし》めく大牢だが、外鞘《そとざや》から吹き込む風は冷たかった。

左吉は異様な空気に目を覚ました。

鼾が止まり、だれもが大牢の一角を窺っていた。

畳も敷いていない平床でふたりの影がひとりを押さえ込んでいた。五郎が相手の顔に濡れた紙を当て、与助が巨体を利して押さえつけていた。

(殺しだ、だれを)

と左吉は思った。

牢名主の駒蔵はと見ると、十数枚も重ねた畳の上で壁に向かって眠ったふりをしていた。

「喬之助さんがやられている」

と歌三の声がした。

(なに)

と思ったが動けない。

与助と五郎のふたりは喬之助を殺すために大牢に入り込んだのだ。喬之助は、牢の中に逃げてきたのか。

喬之助の体が渾身《こんしん》の力を振り絞って巨漢の与助を持ち上げていたが、
がくり
と床に落ちて痙攣《けいれん》すると動かなくなった。

与助の、

「ふうっ」

という大きな息が大牢に響いて殺しが終わった。

ふたりの殺し屋を除いて全員が眠れない夜を過ごした。

牢内では毎朝七つ（午前四時）の頃合い、平当番《ひらとうばん》、張番《はりばん》の牢役人が見廻りに来て、

「買い物はないか」

と訊いて回る。

それが入牢者の一日の始まりだ。各牢から、暮らしの道具の、針、糸、筆、墨、硯《すずり》、煙草、酒、将棋《しょうぎ》の駒などと書いてキメ板の上に置いて出すと、牢役人が整えてくれる。だが、どれひとつとっても一分《いちぶ》と高価であった。ために金を持ち込めなかった囚人の暮らしは悲惨だった。

大牢からは、

「手拭い、半紙、煙草」

が願われた。

その朝いちばんの行事が終わった頃合い、大牢から平当番が呼ばれた。牢の朝《あさ》

餉《げ》は五つ（午前八時）が決まりだ。その前に、

「牢屋同心様に申し上げます。入牢者喬之助、昨夜寒さのためか心臓《しんのぞう》の発作にて身罷《みまか》りましてございます。骸《むくろ》をご検視《けんし》の上お引き取りくだされ」

と牢名主の駒蔵が願った。

「新入り、喬之助を留口《とめぐち》に運べ」

と左吉と歌三を指名した。新入りは、与助と五郎のはずだが、ふたりは素知らぬ顔だ。

「へえ」

左吉と歌三が喬之助の苦悶《くもん》の形相《ぎょうそう》を見て、合掌《がつしょう》し、体の左右から仕着せの袖《そで》と帯を摑んだ。

そのとき、左吉は帯の間に紙切れが挟まっているのに気づき、それを手の中に隠して喬之助を留口まで運んでいった。

「江戸下谷《したや》車坂《くるまざか》住人喬之助、二十八歳に相違ないな」

と言いながら平当番が顔を検めて、

「たしかに受け取る」

と応じるのに左吉と歌三が亡骸《なきがら》を留口から鞘（廊下）に出した。

その瞬間、左吉は喬之助が隠し持っていた紙切れを手の中に丸め込み、

「たしかにお渡し申しました」

と畏まった。

喬之助の亡骸が大牢から消えて間もなく、牢同心がひとり姿を見せて、

「江戸住人与助、五郎、お調べである。出ませえ」

と声をかけ、ふたりの殺し屋が大牢から消えて、大牢の中に安堵の吐息が漏れ重なった。


「……喬之助が殺された三日後に歌三さんが、当人が考えた以上に早く、ただし夜五つ半（午後九時）過ぎに牢から出されたんでございますよ」

「左吉どのを見張っていた連中の話では歌三どのは殺されたようだな」

頷いた左吉が、

「わっしが今晩牢屋敷の外に出て襲われましたところをみても、歌三さんの死は間違いないところでございましょう。わっしはね、あのふたりの仕事ぶりを見たとき、用心に越したことはないと、虎次親方の手を経て、神守様に迎えを願う文を出したんでございますよ。その思いつきがわっしの命を救ったことになる」

長い左吉の話は終わった。

「喬之助なる人物は、牢屋敷に身を潜めるためにわざわざ入ってきたと左吉どのは考えられたか」

「へえ、罪は喧嘩沙汰ということでしたがね、そのような事実があったのかどうか、わっしの考えでは喬之助は偽《にせ》の名、大牢などに入るような者ではない。二本差し、それも屋敷奉公のお武家と睨みましたがね」

「その喬之助はなにゆえ殺されたのか。左吉どのは喬之助と話されたのだな」

「歌三さんといっしょに牢暮らしの諸々をこそこそと話し合いましたが、大牢で聞き耳を立てる連中がいる中です、深いことは」

「話せなかったのですな。となると、喬之助が殺された曰《いわ》くの手がかりは、紙切れだけか。なんぞ書いてございましたか」

幹次郎の問いに、

「姓名だけが記してございましたよ」

と左吉がなんとも複雑な表情で幹次郎に紙片を渡した。

第二章　引っ越し騒ぎ

一

神守幹次郎と汀女の引っ越しは、四つ（午前十時）前から始まった。むろんその前に引っ越し荷物はおよそ梱包《こんぽう》されて戸口近くに置かれてあった。

昨夜、幹次郎が馬喰町の虎次の煮売り酒場から浅草田圃の中にある左兵衛長屋に戻ってきたのは、九つ半（午前一時）の頃合いだった。

そのとき、汀女は起きていて、柳行李《やなぎごうり》に幹次郎の衣類を詰めていた。

「まだ起きておったのか」

「ご苦労にございました」

汀女は疲れ切った幹次郎の顔を見て、

「もはや荷造りは済んでおります。幹どの、明日の引っ越しに差し支えてはなりませぬ。少しでも体を休めてください、夜具だけは残してございます」

と幹次郎の腰の刀を両手で受け取ると、幹次郎を一階奥の座敷に導いた。そこには荷物に囲まれてひと組だけ布団が敷き延《の》べてあった。

「大した荷物などないと思うておりましたが、いつしかあれこれと溜まっておりましたよ」

「驚いたぞ、この大荷物」

幹次郎は、布団の上にへたり込んだ。

「姉様独りでこの荷物を包まれたか」

「いえ、おりゅうさん方、長屋の女衆《おんなし》が手伝ってくださいました」

「主が不在で迷惑をかけたな。明日にもお礼を申そう」

「それより幹どの、少しでも眠って明朝に朝風呂に参られませ。その顔で新たな家に引っ越しされては、病人が引っ越してこられたかと、あちらの住人方に嫌がられますぞ」

という言葉に幹次郎は頷くと、羽織と袴を汀女に脱がされた。だが、小袖を寝《ね》間着《まき》に着替えたことなど覚えにない。横になったかと思うと、鼾を掻いて眠りに就いた。

その寝顔を見ながら汀女が、

「幹どのが命を張ったお蔭で柘榴の家に住まうことができますよ」

と感謝を述べた。

そのとき、幹次郎の財布になにか紙片が挟まっているのを見たが、汀女はそのまま財布と大小を枕元に置いて、

「そろそろ、私も休みましょうか」

と独り言を呟くと、幹次郎が欲も得もなく眠り込む傍らに体を入れた。

翌朝、三刻（六時間）ばかり熟睡して目を覚ましたとき、姉《あね》さん被りの汀女が、

「よう眠られたようですね」

「眠った。夢も見なんだが、だれぞがそれがしの傍らに潜《もぐ》り込んできたような気がした」

と幹次郎がにやりとした。

ふっふっふ
と笑った汀女が、

「幹どの、この町内最後の朝風呂に行ってきなされ」

と着替えと手拭い、糠袋《ぬかぶくろ》、湯銭《ゆせん》を差し出し、起き抜けで浅草田町二丁目の花《はな》の湯《ゆ》に行くことになった。

刻限はすでに五つ近かった。

女髪結《かみゆい》のおりゅうら、女衆《おんなし》が井戸端にいた。

「昨夜《ゆうべ》は遅かったようだね」

「ご一統、それがしが先頭になって立ち働かねばならぬときに不在をした。相すまぬ」

「御用だってね、神守様は会所のために身を粉《こ》にして働き過ぎですよ。ちっとは、汀女先生と自分の体のことも気にしなけりゃなりませんよ」

おりゅうに言われた幹次郎は、

「重ね重ね申し訳ない」

とひと言詫びて湯屋に向かった。

柘榴口を潜ると、いつも会う隠居の白髪頭が湯船に浮かんでいたが、

「神守の旦那、一丁目に引っ越しだってね」

「隠居、知っておったか。同じ会所の家作《かさく》に引っ越しだ」

「こんどの住まいは一軒家で凝った普請の家だ。ありゃ、いい家ですよ」

どうやら幹次郎の引っ越しはこの界隈で話題になっているらしい。

「隠居、ご存じか」

と応えながら、幹次郎はそっと湯に身を浸《つ》けた。すると、掛かり湯を使った体が湯の中でばりばりと音を立てたような気がした。緊張に凝り固まった筋肉が湯に反応して緩む音だと、幹次郎は思った。

「あの家はおれの倅《せがれ》がさ、建具《たてぐ》を拵えたのさ。このご時世《じせい》、あんな注文はなかなかないよ。おれも倅を手伝って建具を嵌《は》めに行ったからさ、承知だ。浅草寺の坊さんが若い女を囲った家だってね、坊主は金を持ってらあ、凝った家だって妾《めかけ》だって持てるさ。だが、坊主の企みもあの家に居つく前に終わった。おれが思うにはさ、神守の旦那と汀女先生が住むように誂《あつら》えられた家だね。精々楽しむことだ」

「ご隠居、有難い言葉にござる」

「柘榴は元気に育っているかえ」

「おお、柘榴の木も覚えておられたか。なんとも輝くような赤い実をつけて日差しに輝いておりますぞ」

「なによりなにより」

と応じた隠居が湯から上がり、

「神守の旦那、ときにはこの湯屋に顔を見せてくれないか。人がいなくなるのは寂しくていけねえや」

と言い残して柘榴口から姿を消した。

幹次郎は浅草田圃の左兵衛長屋の暮らしで溜まったのは荷物だけではなかったことを悟らされた。多くの住人に支えられ、励《はげ》まされて生きてきたのだと、この足かけ五年を思った。吉原会所に拾われた夫婦は身ふたつだった。それが五年の間に……と幹次郎は過ぎた歳月を思った。


幹次郎が湯屋から戻ると、小女のおあきがすでに襷《たすき》がけで荷物を長屋から運び出していた。

「すまぬ、おあき。それがしだけがのんびりと湯屋に行っておった」

と詫びると、

「あちらの家にお父つぁんが手伝いに伺います。汀女先生が命じられた棚なんぞを付けるんです」

「なに、おあきの親父様まで手伝ってくれるのか。仕事を休ませて相すまぬな」

「このところ長いこと同じ普請場に通っていましたがちょうど切りがついたそうで、次の普請まで何日か休みだって親方に言われたところでした。仕事を休んだわけではありません」

おあきがはきはきと答えた。

そのとき、金次らががらがらと音を立てて大八車を木戸口から曳《ひ》き入れてきた。若い衆の手で大八車に夫婦の荷物が積まれた。

夫婦は長屋じゅうに挨拶して回った。いつの間に手配りしていたのか、汀女が用意していた引っ越しの礼は、手拭いだった。

「なんだか、左兵衛長屋から光が消えるようだよ」

「明日からさ、寂しくなるよ」

と口々に別れの言葉をくれた。

「汀女先生もたまには遊びに来ておくれよ」

とおりゅうも別れに顔が曇っていた。

「おりゅうさん、ご一統、それがし、江戸を離れるわけでもなし、また会所を辞《じ》するわけでもない。そなた方とはこれからも吉原を通して交わっていく間柄だ、これが今生《こんじょう》の別れではない。田町二丁目から一丁目に移るだけだ」

「その一丁目が大きな差ですよ」

「おりゅうさん、あちらに落ち着いたら左兵衛長屋の皆さんをお招きします。一《いっ》献《こん》傾けませぬか」

「えっ、汀女先生、ほんとうかい。行く行く」

おりゅうの顔に明るさが戻ったところで、夫婦とおあきは木戸口に向かい、深々と井戸端の女衆に一礼した。

おあきは背に風呂敷包みを負い、手に鍋を提げて夫婦に従ってきたが、

「おふたりは長屋の衆に慕《した》われていたんですね」

と話しかけた。

背の風呂敷包みは、おあきの母親が持たせてくれた着替えだった。おあきにとってもまた、幹次郎や汀女とともに旅立つ新たな日だったのだ。

日本堤に出たときだ。

「十年の旅暮らしのあとの左兵衛長屋住まいの五年であった。あっという間であったようにも、長い歳月世話になったようでもある」

土手道を四、五丁（約四百四十〜五百五十メートル）南東に向かい、浅草寺領の寺町へと下りていった。すでに大八車は門の前に停まって、荷下ろしが始まっ

ていた。

「神守様、汀女先生よ、黒猫が日溜まりに香箱《こうばこ》作ってえらそうにしてますが、追い出しますかえ。居つくと大変ですよ」

「金次、あれはこの家の護り神、わが家の者だ。追い立てないでくれぬか」

「えっ、飼猫にするのですかい。名前はありますかえ」

「まだ名はない。そうじゃな、名くらいつけんと野良猫に間違えられるな。どうしたものか、姉様」

「黒い牡猫ですから、黒介《くろすけ》ではどうでしょう」

「神守黒介か、強そうな名じゃな」

幹次郎たちが飛び石伝いに家に向かうと、黒介が、

「みゃうみゃう」

と鳴きながら幹次郎らを迎えた。

「黒介、引っ越してきましたよ。あとでな、餌をあげますゆえ、しばらく庭先で遊んでなされ」

汀女に命じられた黒介は庭へと飛んで戻った。賢《かしこ》い子猫だった。

玄関脇に大工道具を手にした男が立っていた。

「あっ、お父つぁんだ。こちらが神守の旦那様とご新造《しんぞ》様よ」

とおあきが父親に紹介すると、ぺこりと四角い頭を下げた。日にやけた職人の面《つら》だった。

「娘の奉公の日から親のそなたを働かせてすまぬ。向後ともよしなに付き合いを願う」

「長三《ちょうぞう》でございます、娘が世話になります」

とぼそぼそと答えた。職人らしく口下手のようだ。そこに人柄がにじみ出ていた。

「足田甚吉が世話になっておる。われら夫婦と甚吉は西国《さいごく》のさる大名家の長屋でいっしょに生まれ育った仲なのだ」

幹次郎の言葉に頷いた長三におあきが、

「お父つぁん、台所を見た。汀女先生といっしょに上がって棚を造ってよ。材料は持ってきたでしょうね」

「おお、台所に運んであらあ」

娘の言葉に父親が答え、父子と汀女がまず台所に向かった。

幹次郎が開け放たれた家の八畳間に向かうと、床の間に刀掛けがあった。

「おや、刀掛けなどわが家にあったか」

と独り言を呟く幹次郎に金次が、

「番方の考えですよ、おれたちからの引っ越し祝いってわけだ。刀掛けがなくちゃ吉原会所の裏同心の恰好《かっこう》がつかないからね」

「なんと早手回しに引っ越し祝いまで頂戴したか。それがし、これまで刀掛けのあった暮らしなどしたことがない。有難く頂戴する」

幹次郎は腰から外した大小を真新しい刀掛けにかけると、手に馴染んだ行平がなんだか輝いて見え、偉くなった気分がした。布に包んだ和泉守藤原兼定《いずみのかみふじわらかねさだ》と木刀は傍らに立てて置いた。

「よし、手伝おう」

と庭に下りようとすると、

「主様《あるじ》は動かなくていいんだよ。汀女先生の文机《ふづくえ》はどこに置くね」

「どこが姉様の部屋か決めておらぬが、差し当たって文机やら墨、硯など文具はこの八畳間に置いてくれぬか」

東側の床の間のある八畳間を居間と兼ねた書斎にして、玄関側の八畳間を寝所《しんじょ》にし、浅草田圃越しに吉原が見渡せる納戸《なんど》付きの六畳間を控えの間にしようと、幹次郎は考えて金次らに命じた。

台所から鋸《のこぎり》の音が響いてきて、井戸で水を汲み上げる釣瓶《つるべ》の音もした。

柘榴の家が蘇《よみがえ》った瞬間だった。

「おーい、幹やん、玉藻様からお祝いの鯛《たい》とよ、茸《きのこ》の炊き込みご飯の握り飯の差し入れじゃぞ」

足田甚吉の姿が庭にあり、両手に提げた品々を見せた。

「玉藻様にも気を遣わせたか」

汀女が庭の見える縁側に姿を見せて、

「甚吉さん、有難《ありがと》うございます」

と祝いの品々を受けた。

風呂敷包みを解《ほど》くと竹笊《たけざる》に瑞々《みずみず》しくも杉の葉が敷かれ、立派な鯛が鎮座《ちんざ》していた。祝いの鯛はまず床の間に置かれ、汀女が庭からこちらを見る黒介に、

「黒介、祝い鯛を食してはなりませんよ。お利口にしていればあとであげますからね」

と注意した。

黒介は人が大勢出入りするのが嬉しくてしようがないらしい。

「姉様、会所の朋輩《ほうばい》方から刀掛けを頂戴した。その脇に鯛が置かれると、なんだか一国一城の主にでもなった気がする」

「一国一城では、殿様ですね」

「殿様と呼ばれるには品格も貫禄もないがな」

「気持ちはよう分かります」

「握り飯もここに置くぞ」

甚吉が床の間に置こうとするのを、

「甚吉さん、そなたの知り合いの長三さんとおあきさんの父子が台所におります。あちらに運んでくれませんか」

「おお、あの鋸の音は長三さんか。よし、面を出してこよう」

と庭を回って台所に甚吉が向かった。

大八車の夜具や柳行李はあっという間に柘榴の家に運び込まれ、荷が解かれて納戸部屋などに納められていく。

引っ越しは九つ前に終わった。柳行李を開いての衣類の片づけは、あとでゆっくりすればよい。まずは一段落ついた。

金次らが庭の見える縁側に呼ばれ、玉藻の心遣いの握り飯と角樽《つのだる》が甚吉の手で運ばれてきた。かようなことになると、甚吉の独壇場《どくだんじょう》だ。

「うちに角樽があったか」

「幹どの、長屋ご一同からの引っ越し祝いです」

「おおお、知り合い方に気を使っていただき、恐縮至極《きょうしゅくしごく》じゃな」

「ただ今おあきさんがお湯を沸かしております。引っ越し祝いに一杯呑まれる方はお酒を、お茶の人はしばらく待ってくださいね」

庭の見える縁側と座敷が昼餉の場になった。

会所の若い衆、甚吉、長三とおあき父子、それに神守夫婦が加わって、祝い酒を一杯ずつ口にし、炊き込みご飯の握り飯を頬張った。香《こう》のものと煮染《にし》めまで添えられた昼餉を、賑やかにそれぞれが堪能《たんのう》した。

「神守様、番方からの言《こと》づけだ。なんぞあればこちらに使いを立てるから、本日は引っ越しの片づけをされるようにとのことでした」

と金次が言い残し、吉原会所に戻っていった。残ったのは大工の長三と甚吉で、甚吉が、

「姉様、棚は三段あれば十分だな。裏庭の北隅に漬物小屋があったが、あそこにも棚を造ったほうが使い勝手がよかろう」

とか、

「門の戸が傷《いた》んでおった。この際だ、長三さんに直してもらったらどうだ」

とか、自分の家のように注文をつけて知り合いの長三を働かせた。

長三は、甚吉の思いつきに頷きながら、自分なりに吟味して必要なものから手掛けていた。

「幹やん、長三さんの仕事は一日では終わらぬぞ。この際だ、裏木戸など直せるところは手を入れてもらったらどうだ」

「甚吉、長三どのの仕事に差し支えなければそうしてもらおう。のう、姉様、長三どのが手を入れたほうがいいというものは、願ってはどうだ」

「うちでは三日かかろうと四日かかろうと構いません」

と汀女も頷き、長三が数日柘榴の家に入ることになった。そんなやり取りを長三は黙って聞きながら黙々と働いていた。仕事ぶりを見て、幹次郎は、才気走《さいきばし》った職人ではないが地道に丁寧に仕事をこなす職人と見た。

「長三どの、娘のおあきの三畳間じゃが、物を置く棚があったほうがよかろう。それもお願いできぬか」

幹次郎の言葉に長三はしばらくなにも答えなかったが、

「小娘がひと部屋もらうなんて贅沢ですよ」

とぼそりと言った。そこへ汀女が姿を見せて、

「おあきさん、衣類はこの柳行李に仕舞いなさい」

と自分たちの衣類を運んできた柳行李をおあきに渡した。

「汀女先生、私の着替えなんて風呂敷包みで十分です」

「そのうち、季節季節のお仕着せなどが増えます」

と汀女が渡し、

「幹どの、大事なことを決めるのを忘れておりますよ」

「大事なこと、なんじゃな」

「親父様もおられるのです、おあきさんの給金を決めねばなりません」

「おお、忘れておった。それは姉様、そなたに任せよう」

「給金なんて働きを見てからだ」

と甚吉が口を出し、

「甚吉、いくら親しくともそなたが口を出すことではない。長三どの、おあき父子と姉様が決めることだ」

と幹次郎が甚吉の口を封じた。

二

幹次郎は昨日に続いて浅草山谷町の柴田相庵の診療所に四郎兵衛を訪ねた。引っ越しが無事終わった報告と礼のための訪問だった。

四郎兵衛は診療所の日溜まりの座布団の上に座り、女髪結のおりゅうに髷《まげ》を結い直してもらっていた。両目を閉じて気持ちよさそうな四郎兵衛は髪を洗ってもらったようで、白髪交じりの髪が艶々と輝いていた。

「ほらね、神守の旦那が見えましたよ」

おりゅうが幹次郎の姿に目を留めて言った。ふたりで幹次郎の引っ越しの話でもしていたのか。

四郎兵衛が目を開けて幹次郎を見た。

「四郎兵衛様、お蔭様で引っ越しが無事に終わりました」

「おめでとうございます」

「それもこれも四郎兵衛様をはじめ、ご一統の心遣いがあってのことにございます。それにしても見れば見るほど、われらにはもったいないほどの贅沢な家にございます」

「長屋暮らしとは違うわよね」

「おりゅうさん、比べようもない」

「なんたって庭がついた一軒家だものね」

「勘違いをなさるな。それがしが言いたかったのは、長屋には長屋のよさがあり、一軒家には一軒家のよきところがある、ゆえに比べようもないということだ。長屋では住人が一族郎党《ろうとう》のようなもの、いくら一軒家が贅沢というても、賑やかな声が聞こえぬのは寂しかろう」

「娘さんを雇ったんですってね」

「山吉町の大工長三さんの娘が今日からわれらの身内だ」

「三人暮らしか。神守の旦那はどこに行っても周りは女ばかりだね」

「それがそうではないのだ」

「おや、男の奉公人も雇ったの」

「あの家には先住者がいたのだ」

黒い子猫の黒介の話をおりゅうにした。

「なんだ、牡猫のことか」

「神守様、待ってくだされよ」

四郎兵衛が言い出した。

「どうかなされましたか」

「神守様、あの家に私が連れ込まれたとき、最初に聞こえてきた音が子猫の鳴き声にございました。意識が遠のいたり薄れたりする折りに猫の鳴き声を聞いて、『なんとしても生き抜くぞ』と気持ちを固めたものでございました。今こうして生きておるのは、あの生まれたばかりの猫の鳴き声のお蔭ですよ」

「黒介がさような力になっておりましたか。やはりあの黒猫は、柘榴の家の護り神です」

「黒介と名づけられましたか」

「護り神としてはいささか安直《あんちょく》な名でしたかな」

幹次郎は汀女のつけた名を気にした。

「柘榴の家の神守黒介、悪くありませんよ」

四郎兵衛が応じたとき、おりゅうが、

「七代目、髷、結い終わりましたよ」

と言った。

「おりゅうさん、これでさっぱりしました。明日には吉原に戻れます」

と礼を述べ、おりゅうが手際よく後片づけを終えると、

「私はこれで」

と幹次郎に言い残して柴田相庵の診療所を出ていった。

「神守様から私の快復を知ったおりゅうが、過日、妹は会所の助けがあったればこそ助かりましたと私の髪を洗い、髷を結い直しに来てくれたんですよ。おきちの一件は神守様の手柄だ。そのお蔭で頭がさっぱりして吉原に戻れます」

「女髪結のおりゅうさんと七代目が昵懇《じっこん》であったかと訝しく思うておりました」

「おりゅうの母親には頭を何度か弄《いじ》ってもらったことがありましたがな、親子二代で髷を結ってもらいました」

穏やかな初冬の日差しが落ちていた。

「神守様、なんぞございましたかな」

と話柄を変えた。

「かようなものを身代わりの左吉さんが手に入れましてございます」

幹次郎は紙片を渡してその入手の経緯を話した。

ふたつ折りにされた紙片を手にしたまま、四郎兵衛は幹次郎の話を聞いた。

「喬之助は小伝馬町の大牢なんぞに入る御仁《ごじん》じゃありますまい。神守様の推察通り御城勤めの旗本《はたもと》と思えます。なにか危険を感じた喬之助は、相手がまさか牢屋敷に入っているとは気づくまいと考え、逃げ込んだのでしょうが、相手が何枚も上手だった」

「牢屋敷は、町奉行の支配下にございます」

「いかにもさよう。そして、町奉行は老中の監督下にございます」

と応じた四郎兵衛が、

「この紙片、神守様は読まれましたな」

という問いに幹次郎は頷いた。

四郎兵衛は初めて紙片を披き、一瞬驚きの表情を見せたのち、平静に戻った。

そこには、

「松平信綱《まつだいらのぶつな》
安藤重長《あんどうしげなが》
石谷貞清《いしがやさだきよ》
石出帯刀《いしでたてわき》

庄司甚右衛門《しょうじじんえもん》
明暦《めいれき》二年十月九日」

と五人の連署と日付が記してあるだけだった。

「神守様、この名前の中に覚えのある人物がおられますかな」

「庄司甚右衛門様は幕府に官許《かんきょ》の遊里《ゆうり》を発議された人物かと思い、かように四郎兵衛様にお伺いするために持参しました」

「ということは、神守様以外にはこの紙片にある名を知る者はおりませんので」

「喬之助の亡骸を留口まで運ぶように命じられたのは、身代わりの左吉どのと山東京伝の弟子の歌三さんでした。だが、左吉どのは歌三さんにもこの紙片のことは言わなかったそうな。迎えに出たそれがしに渡してくれましたゆえ、左吉どのは見ておることとでしょう。庄司甚右衛門様の名があったゆえ、それがしに渡したのだと思います」

「左吉さんは住まいに戻られましたかな」

「いえ、しばらく江戸を離れて身を隠すと言うておられました」

「それはよかった」

四郎兵衛が安堵の声を漏らした。

「四郎兵衛様、この庄司甚右衛門様なるお方は幕府に願って官許の遊里吉原を設けたお方でございましょうか。それとも庄司家は今も続いていて、吉原に力を行使《こうし》しておられるのでしょうか」

「この庄司甚右衛門は、神守様の推察の人物ではのうて、葭町《よしちょう》より浅草に遊廓を移転させた人物にございましょうかな」

四郎兵衛の言葉は曖昧《あいまい》であり、含みが感じられた。なにより幹次郎の問いには答えていなかった。

「明暦年間（一六五五〜一六五八）、松平信綱様はこの当時の先任老中でございます。石谷貞清様は、元《もと》吉原から私どもがただ今商いをなす新吉原に移転を命じた北町奉行でございましてな。安藤重長様は、どなたか分かりませぬ。石出帯刀様は当時の牢屋奉行にございましょうかな」

とさらに四郎兵衛は言い足した。

四郎兵衛は遠い記憶を辿《たど》るように言った。

「この紙片にある五人の名に喬之助が殺される謂《いわ》れが隠されておるのでしょうか」

幹次郎の問いに長い沈黙で四郎兵衛は応じた。頭の中で目まぐるしく考えが走り回っているような感じだった。

ふたりのいる縁側にはだれも近づかない。

柴田相庵の診療所は病人、怪我人が押しかけて大忙しだった。だから、もはや怪我が快復し、明日には退所する四郎兵衛に関心を持つ者はいなかった。

沈黙はいつまでも続くかに思えたが、不意に四郎兵衛が幹次郎に質した。

「神守様は元吉原からわれらが暮らしを立てる新吉原に移転した時節と曰くを承知でございますか」

「たしか明暦三年（一六五七）の正月に出火した火事で江戸の半分以上が焼き尽くされた。ために吉原は江戸城近くから浅草へ移転したのではございませんか」

四郎兵衛は曖昧に頷いた。

幹次郎の答えは正解ではなかったようだ。

「正しくは明暦の大火で吉原は江戸の真ん中から浅草田圃に引き移ったのではございません。その前年の明暦二年（一六五六）十月九日、時の北町奉行石谷将《しょう》監《げん》貞清様が元吉原の年寄《としより》らを奉行所に呼び出して、葭町にあった元吉原を本所《ほんじょ》か浅草寺裏に引き移せと命じられたのが発端にございますよ。元吉原は官許になって四十年ほど盛業でした、ゆえに吉原の年寄たちはむろんその命に猛反対しましたがな、町奉行の意思は固く、引っ込める気配がない。そこで年寄連が幾たびも合議をして移転を決めた。ただし川向こうの本所では客は来ないと踏んだ。浅草寺裏ならば、参詣《さんけい》に事寄せた男衆《おとこし》が来るとこちらを選んだのでございますよ。まあ、お上としても幕府開闢《かいびゃく》から五十余年が過ぎ、体制維持に自信が出てきたのでしょう。そこで城近くに遊里があるのは体裁上、芳《かんば》しくないと考えられたのでございますよ」

「それにしても盛業の元吉原から離れて、江戸外れの浅草田圃に引き移るには大きな決心が要ったのではございませんか」

「金の力で押し切られたのです」

四郎兵衛が言い切った。

「幕府では町中から外れに官許の遊里を移すに当たり、五つの条件を吉原に提示致しました……」

一　ただ今は二町四方の場所なれども新地には五割増し、二町に三町の場所被下候

一　ただ今は昼と商売致候処自今昼夜の商売御免也
一　遠方へ被遣候に付山王神田《さんのうかんだ》の御祭礼の町役並出火の節火消等の事御免也
一　町中に二百軒余有之候風呂屋悉く御潰し被遊候これ風呂屋は隠し遊女差出候故也
一　御引料御金一万五百両被下置候　小間一間に付十四両

「……これが元吉原から新吉原に移転するために幕府が提案した『吉原移転五箇条』にございますよ。説明の要もございますまいが、一は営業敷地の五割増し、二は昼間だけの営業が昼夜のお許しに、三は、山王・神田祭の町役および出火の際の火消しなどの使役《しえき》免除、四は、商売仇《がたき》だった湯女《ゆな》を置いた風呂屋の禁止、五は、引っ越し料一万五百両をお上から吉原へ下げ渡される、というわけです。かような条件を呑んだ直後、神守様が申された翌年の明暦三年正月に本郷丸山《ほんごうまるやま》から出た火が江戸の六割方を焼き尽くし、葭町にあった元吉原も灰燼《かいじん》に帰《き》することになりました」

「移転話は元に戻ったのですか」

幹次郎の問いに四郎兵衛は首を振った。

「明暦の大火の折り、元吉原は、商いを続けておりました。ゆえに逃げ遅れた遊女や奉公人が大勢亡くなりました。死者は十万人余と推定される大火事です、元吉原だけが無事なわけもない。その当時、年寄、ただ今の名主連は必死だったと思いますよ。幕府と約定はしたが、もはや元吉原どころではない。江戸城も西の丸を残して消失し、城と城下の再建が最優先です。当初、翌年三月から移転先の浅草田圃の埋め立てを行う予定が明暦の大火で元吉原は焼け出され、江戸の大半が焦土《しょうど》と化した。ともかく知恵を絞った挙句《あげく》に、浅草田圃の仮宅《かりたく》商いで、新吉原は始まったのでございますよ」

「そのような経緯にて江戸の真ん中から浅草にわれらの吉原が移らされたのでございますか」

「最前も触れましたが、江戸城の本丸を燃やし尽くし、以後本丸なしの江戸城になったほどの大きな被害をもたらした大火事です。江戸城の御金蔵《ごきんぞう》にあった所蔵金が消失したそうな。元吉原の年寄連の中には、五箇条の証文も燃えて、吉原の移転が立ち消えになるかと、喜んだ者もいたようです。だが、吉原移転を含めて、幕府では新しい江戸城下の建設を急がせたのでございますよ。以来百三十有余年が流れました」

四郎兵衛が話をいったん止めた。

幹次郎には左吉が喬之助の亡骸から密かに得た紙片と吉原との関わりが判然としなかった。そこで四郎兵衛に念押しした。

「老中松平信綱様と町奉行石谷貞清様は、明暦の大火、あるいは吉原の移転の際の老中と町奉行職にございましたか」

「はい」

「安藤重長様なる人物も吉原移転に関わりを持った方でしょうな」

「分かりません」

四郎兵衛は首を捻った。

「石出帯刀様の名が出てくるのはなぜでございましょう」

幹次郎は次の問いを発した。

「伝え聞いた話にございます。真偽《しんぎ》のほどは詳《つまび》らかではありません」

と前置きした四郎兵衛が、

「明暦の大火の折り、牢屋奉行の石出様は切《き》り放《はな》ちを決断なされたそうな。『今は逃げ延びよ。さりながら火が鎮《しず》まった折りには、必ず浅草の善慶寺《ぜんけいじ》の境内に参集致せ』との放免の言葉に囚人が放たれたのでございますよ。そのとき、囚人が火事騒ぎに乗じて悪さをするというので、浅草御門を閉じたために日本橋《にほんばし》から浅草方面へ逃げようとした人々が逃げ場を失い、大勢死んだそうです」

　四郎兵衛の話は明暦の大火の話に戻った。

「火事が起こったとき、小伝馬町の牢屋敷には数百人の囚人がいたそうです。その中に取り締まりで捕まった湯女がだいぶ交じっていた。これらの湯女たちは江戸じゅうが燃えたというので、善慶寺に戻ってきたのは半数に満たなかったとか。戻ってきた湯女ですが、浅草田圃の仮宅の女郎として籍を移され、新吉原の土台作りの大きな力になったそうです。私が考えるに幕府の中枢《ちゅうすう》のお偉方や牢屋奉行石出帯刀様に吉原からそれなりのお目こぼし金が渡ったと思えます。何代も前の石出様がどの程度の役割をなされたかは分かりかねます」

　幹次郎はしばし考えて尋ねた。

「なぜただ今かような紙片が現われ、喬之助なる人物が牢の中で殺されたのでございましょうか」

　う、うーん、と四郎兵衛が唸《うな》った。

「ひとつ思いつくことがございます」

「なんでございましょう」

「最前申し上げた吉原移転の際に幕府と吉原が取り決めた五箇条の書付、幕府と吉原が正副《せいふく》一通ずつ保管する約定でございましたが、両方とも明暦の大火で焼けたのです。そのあとは口約束のままに新吉原の商いが町奉行所の隠密廻りの監督の下に始まりました。ただ今の面番所と吉原会所の関係を神守様にお話しする要はございませんな」

と言った四郎兵衛がいったん話を切った。

「死んだ親父が祖父《じい》様から伝えられたという話でございますよ。それによると、幕府の書付、『吉原五箇条遺文《いぶん》』は明暦の大火に焼け残ったそうな。祖父様はそれを見たそうにございます。御城の御金蔵にさえ火が入ったというのに訝しい話です」

四郎兵衛が首を捻った。

「また別口の話を聞いた覚えがございます。祖父様の話によれば、五箇条の他に、付記条項があったとか」

「五箇条の他に付記条項ですか。それはまたなんという付記にございます」

「うろ覚えですが、付記条項は、『一　この遺文、百年を経た後に再検討をなし、新吉原の地が江戸市中に組み込まれた場合は、速《すみ》やかに川向こうの遠隔地《えんかくち》に移転をなすべきこと』というものだそうです」

「つまりただ今の吉原に幕府の都合次第で隅田川《すみだがわ》（大川《おおかわ》）の向こうに再移転を強《し》いることができるという条項が書き足されてあったのでございますか」

「そういうことです」

「吉原は百三十余年の歳月を経て、浅草に根づいております。これを幕府の一存で川向こうに移すとなると、費えも莫大《ばくだい》、日にちも要しましょう」

「移転先次第では、吉原の命運は絶たれます」

「付記条項の入った遺文、ほんものにございましょうか」

「祖父様の覚えでは、五人の名のあとに付記条項が記されていたそうな」

しばし沈思した幹次郎は、尋ねた。

「その五人の名が書かれた紙片が喬之助が持っていた紙片ということにございますか。つまり、この紙片が祖父どのの見た『遺文』の一部であるというのですか」

「いえ、うろ覚えゆえはっきりとは申し上げられません。しばし時を貸してくだされ。調べてみます」

（いや、四郎兵衛はこのところ自らが襲われた奇禍《きか》の原因《もと》を考え続けてきたはず

か）

だ。その結果、漠《ばく》として『吉原五箇条遺文』のことを思い出していたのではない

　そう幹次郎は思案した。

「紙片の存在に幕府の要人が気づいたら、どういうことになりましょうや」

「神守様、私はね、このところ、吉原にあれこれと手を伸ばしてくる者がいる背景には、祖父様が見たという『吉原五箇条遺文』の存在を知った者が動いておるのではないかと、最前紙片を見せられたとき、思いついたのでございますよ」

「御広敷番之頭《おひろしきばんのかしら》の古坂玄堪《こさかげんたん》が暗躍《あんやく》するのは、この『遺文』を承知した上で吉原を川向こうに追いやると脅《おど》して、多額な金子を強請《ゆす》り取るか、吉原を乗っ取るか、そのようなことを企んでのことと思われますか」

　幹次郎の推測に曖昧に頷いた四郎兵衛が、

「しかし祖父様はその『遺文』をどこで見たというのか。偽書《ぎしょ》ということも考えられます。真正な『吉原五箇条遺文』副書《ふくしょ》が明暦の大火に焼け残っておれば、付記条項のある『遺文』が偽物と分かるのですがな」

「火事から百三十余年の時が経っております」

「江戸は明暦の大火を含めてたびたび火事が起こる大都《だいと》です。もし百三十余年前

の書付をその当時の年寄連が預けるところがあるとしたら、一か所だけでございますよ」

「調べられますか」

「この話、神守様のもとで止めておいてくだされ。明日吉原に戻ったら、ちょいと調べ物をします。その結果次第では、神守様にお供を願い、旅をすることになります」

四郎兵衛が言った。

「となれば、七代目の吉原への帰り方が大事ですね」

「どういうことです」

訝しそうに訊き返す四郎兵衛に幹次郎は、今後取るべき動きを説明した。すると四郎兵衛が、

「神守様はなかなかの策士《さくし》ですな、いや、軍師《ぐんし》か」

四郎兵衛が呟き、幹次郎は、元吉原を官許の遊里として纏《まと》め、新吉原の繁栄を築いた庄司甚右衛門の一族は、どうなったのだろうかと考えていた。

三

幹次郎が柘榴の家に戻ると、柿葺《こけらぶ》きの門から鉤の手に延びた飛び石道の石灯籠に灯《あか》りが入り、水が打たれた飛び石がしっとりと濡れて光っていた。

(まるで料理茶屋の趣《おもむき》じゃな)

幹次郎の胸に五七五が浮かんだ。

石映《は》えて　柘榴の新家《あらや》　冬模様

五つの刻限だ。
人の動きから察して汀女も戻っているらしい。玄関に立つと、
みゃうみゃう
とまだ幼い鳴き声がして黒介が幹次郎を迎えに出てきた。直ぐに汀女が姿を見せて、廊下に両膝をつき、
「殿様、御奉公ご苦労に存じます」

と言いながら、幹次郎が腰から外した行平と脇差を両手で受け取った。

「まるで大身《たいしん》の旗本になったみたいじゃな。豊後国岡藩の下士十三石《ごく》の神守幹次郎が出世したわ」

ふっふっふふ
と汀女が笑い、

「引っ越した初めての日くらい、殿様ごっこをなしてもようございましょう」

「いかにもさよう、奥《おく》や」

と応じた幹次郎は式台《しきだい》から廊下に上がり、奥へ通った。

初冬ゆえすでに雨戸は閉《た》て回してあった。柘榴の木のある庭が見えないのが幹次郎には残念だった。

床の間のある八畳間には行灯《あんどん》の灯心がじりじりと微《かす》かな音を立て、膳《ぜん》が三つ仕度してあった。

ひとつには玉藻から頂戴した鯛が焼かれて、大皿に載せられて真ん中で威張《いば》っていた。

「殿様ごっこではない。これでは大名家の殿様の御膳じゃぞ」

「長い生涯のうちにかような日があってもようございましょう」

汀女の言葉に頷いた幹次郎が尋ねた。

「おあきは夕餉《ゆうげ》を済ませたのか」

「本日くらい三人いっしょに夕餉を摂《と》りませぬかと誘ったのですが、そんなことをしたら、ご飯が喉を通りませんと独りで台所に膳を用意しました」

「われらとて暮らしの変化に戸惑っておるのだ。若いおあきがそんな気持ちになっても致し方あるまい。奉公一日目ゆえな」

「うちの旦那様は御用がら夜が遅いゆえ、これからは自分が決めた刻限に食べなされと命じたところ、最前食したようです」

「甚吉が見立てた娘じゃが、利発じゃな」

「長三さんの長女ゆえ、幼いときから家事を手伝ってきたようです。洗濯、掃除、炊事《すいじ》となんでもこなせます。されど長屋の暮らしはいささか雑ゆえ、この家に慣れた折りは、並木町に連れていき、山口巴屋で大勢の女衆の中で諸々を教え込みます」

「それはよい考えじゃな。明日も長三どのは参るのじゃな」

「住んでみれば足りないものがあれこれと出てきます。この際、しっかりと整えていただこうと思います」

首肯した幹次郎が、

「本日、姉様は山口巴屋に出られたか」

「幹どのが出かけたあと並木町に参りましたところ、玉藻様が本日の仕度はすべて終えておられまして、暮れ六つ（午後六時）になると、本日くらい早く戻りなされと、早めに帰されました」

と汀女がすまなそうな顔をした。

「おっ、思い出した。門からの飛び石道の石灯籠に灯りが入り、まるで料理茶屋のようじゃな」

「最前、山口巴屋から分けてもらってきた小さな仰願寺蠟燭《こうがんじろうそく》を点《とも》してみました。なんともよき風情にございますな。なんぞ、句が幹どのの頭に浮かんだのではありませんか」

「姉様、辻占《つじうら》までやりおるか」

「どのような五七五にございましたな。引っ越し祝いの座興に披露《ひろう》をなされませ」

「うーむ、致し方ないか。石映えて　柘榴の新家　冬模様、とな。季節の言葉がふたつ重なっては句ともいえまいが、これがわが家と思うたら、脳裏に言葉が飛び交った」

「石映えて　柘榴の新家　冬模様」

「素直だけが相変わらず取《と》り柄《え》だ」

「いえ、その素直さが私の好みにございます」

と汀女が答えたところにおあきが、

「お帰りなさいませ」

と燗をした徳利《とつくり》と杯《はい》を運んできた。

「どうだ、少しは慣れたか」

「いえ、長屋と違い、落ち着きません」

と答えながら立ったまま、汀女に盆を渡した。

「おあきさん、人にものを差し出す折りは、まず座して一拍胸の中で間を置いてから差し出すのです」

「はっ、はい」

とおあきが慌てて座り直し、姿勢を正して汀女に盆を差し出した。

「ようできました。所作《しよさ》とは動きや行いがいちばん美しく見える身のこなしです。これは覚えておくと、おあきさんに必ずや幸せを呼びますよ」

「幸せでございますか」

おあきは幸せとはなにごとか思いつかないようだった。

「運と言い替えてもようございます。美しい身のこなしを知る娘には、それにふさわしい殿御《とのご》が関心を寄せられます」

「殿御とは男衆のことですか」

「まあ、そうです。むろん長屋暮らしも大変気楽でようございます。ですが、他人の家に奉公した以上、賃料を得《う》る仕事とばかり考えずにわが心身を鍛《きた》える場と考えて、頑張ってごらんなさい。そなたなら必ずできるはずです」

汀女は、この家の暮らしに慣れた時分に浅草並木町の料理茶屋に伴い、大勢の男衆や女衆といっしょに働きますよとおあきに伝えた。

「料理茶屋で働くのですか」

おあきは思いがけないことを聞かされたように問い返した。

「料理茶屋山口巴屋は、料理の味が売りのお店です。私が店の差配《さはい》を任されております。きっと先々おあきさんの役に立ちます」

汀女が、読み書きはできますか、と尋ねた。するとおあきが恥ずかしそうに首を横に振った。

「分かりました。明日から合間を見て、私が読み書きを教えます。それもまた奉公のひとつです」

「はい」

と返事をしたおあきが、いささか頭の中が混乱した体でふたりの前から下がっていった。

その様子を見ていた幹次郎に汀女が杯を持たせ、酌《しやく》をした。幹次郎は注がれた杯を膳に置くと、徳利をもらい、汀女にも杯を持たせて酒を注ぎ返した。

「柘榴の家への引っ越し祝いじゃ」

「頂戴します」

ふたりはしみじみと酒を口に含んで呑み干した。

「岡城下を逃れて苦節十四、五年の歳月が流れ、われらはなんと一軒家の住人になった」

「流浪の折りは、幹どのの言われるように寒さに震え、暑さにうだり、飢《う》えに苦しみながら追っ手から逃げる暮らしにございました。そのことを思えば、江戸に流れついて大きな運を拾ったものです」

「いかにもさよう」

「足りないものはひとつだけでございます」

汀女は自らの杯を膳に置くと幹次郎の酒杯に新たな酒を注いだ。

「姉様、われらに足りないものがあったか」

「子を生《な》さなかったことでございます。幹どのに悪いことをしたと思うて悔《く》いております」

「妻仇討《めがたきうち》と呼ばれ、追っ手から逃れる旅暮らしじゃぞ。子を生すなど考える余裕もなかったわ」

「いえ、幹どの、私は子が産めぬ女子《おなご》かもしれません」

「人は欲を言い出せばキリがなかろう。それがしはなんの不足もない」

と手にした杯の酒を口に含むと、幹次郎は話柄を変えた。

「このことは玉藻様も未だ知らぬことじゃ。それがし、四郎兵衛様の供で旅に出ることになりそうだ」

「どこに参られるのでございますか」

「この旅は、過日から吉原に襲いかかる出来事と関わりがあることだけはたしかだ。左吉どのからもたらされた牢の中の出来事が、どうやら吉原を覆う黒い闇と同じ根っこで繋《つな》がっていることが分かったのだ」

幹次郎は左吉の話の一部を汀女に告げた。

「牢の中でひとり、牢を出たところでもうひとりが殺され、左吉さんは身を隠されたのでございますね」

「いかにもさよう。吉原の浮沈《うきしずみ》に関わる話かもしれぬ。そのことを確かめる旅じゃが、四郎兵衛様しか行き先は知らぬ」

「四郎兵衛様はようやく怪我が癒《い》えたばかり、道中ができましょうか」

「いささか無理な道中ということは四郎兵衛様も承知だ。だが、吉原にとって大事な旅、駕籠《かご》を乗り継いでいくことになろう」

「玉藻様が知られたら案じられましょう」

「そのことだ。ゆえに玉藻様にも番方にも真実《まこと》を告げずに怪我養生《ようじょう》の湯治ということになろう」

「出立《しゅったつ》はいつでございますか」

「四郎兵衛様は明日吉原に戻られ、調べ物をした上で出立したい考えじゃ。いつなりとも旅に出る仕度をしておいてくれぬか」

「承知しました」

一合の酒を呑んだふたりは遅い夕餉を食した。

おあきが夫婦ふたりの膳を下げ、汀女とふたりで後片づけをした。その足元に黒介が鳴きながら、甘えている様子があった。

幹次郎は頭の奥でひとつの情景を思い出していた。

幹次郎と番方の仙右衛門が御広敷番之頭の古坂玄堪の拝領屋敷に訪《おとな》いを告げ、江戸城の影の一団を率《ひき》いる玄堪と会ったあと、死の危険を避けるために一夜、古坂屋敷の鬱蒼《うっそう》とした庭の一隅《いちぐう》でひっそりと夜明けを待ったことがあった。

その同じ夜、四郎兵衛は、新任の南町奉行池田長恵《いけだながしげ》に奉行所に呼び出され、莉《り》紅《こう》という女郎が心中仕立てで殺された一件を、

「心中」

として処理せよと命じられた。

そのことに四郎兵衛が抗うと、

「そうものが見えんようでは次の世代に跡《あと》を譲ることを考えてはどうだ」

と脅された。

それでも四郎兵衛がうんと言わなかったとき、次の間の襖《ふすま》がわずかに開かれ、継裃《つぎがみしも》姿の青白い顔の武家が無言で端座《たんざ》し、四郎兵衛を見たとか。

その瞬間、四郎兵衛は観念した。

莉紅の殺しを心中として始末することを池田奉行に約定した。

その折り、隣座敷に端座していた武家のことを番方の仙右衛門に問われた四郎兵衛は、

「私があの世まで抱えていく秘密ですよ」

と応じて腹心の部下である仙右衛門にも幹次郎にも告げなかったのだ。

この継裃の武家はだれか？

幹次郎は、こたびの一連の騒ぎの謎を解く人物と見ていた。だが、四郎兵衛が話さない以上、謎のままだ。

隣の納戸付きの部屋に床が用意されていた。

有明《ありあけ》行灯は左兵衛長屋で使っていたものではない、洒落《しゃれ》た新しい行灯だった。汀女は柘榴の家に引っ越しするためにあれこれと買い足したようだ。

いつの間にか汀女とおあきが片づけする物音が消えていた。

廊下に汀女の気配がした。

おあきも自分の部屋に下がった様子だ。

自ら自分の居室と決めた玄関近くの八畳間に入った汀女の様子に、幹次郎は寝間着に替えて寝床に入った。

なんの不都合もなき暮らしではないか、と床の中でのびのびと手足を伸ばした。そして、汀女が、子がないことがただひとつの悔いと言った言葉を思い返していた。

だが、欲を言い出せばキリはない。それが正直な気持ちだった。

幹次郎は、ただ今の暮らしが満ち足り過ぎて、却《かえ》って怖かった。この暮らしを失うことが、不安だった。この暮らしを護るために、

「戦うのだ」

と改めて心に誓った。

そのとき、汀女が寝間着で寝間に入ってきた。寝化粧の香りが漂った。

幹次郎が手を差し伸べると、汀女がひとつ布団にそっと身を入れた。

「子を生すのは今からでは遅かろうか、姉様」

「私をいくつとお思いです、幹どの」

「さあてな、それがしにとって姉様の歳など関わりがない。われらは物心ついたときから夫婦になる運命《さだめ》にあったのだ」

「子がなくとも夫婦にございます」

「そうであるとも」

　幹次郎の手が汀女の襟《えり》を分けて、乳房《ちぶさ》を摑んだ。しっとりとした張りを残した乳房が幹次郎の掌に心地好かった。

「あれ、かような悪戯《いたずら》を」

「夫婦の間で悪戯もなにもあるものか」

　幹次郎が汀女の体をくるりと回して下に組み敷いた。すると、どこから入り込んだか、黒介がみゃうみゃうと鳴きながら、汀女の上に乗り、体を丸めた。

「黒介が私どもの子です」

「それも悪くない」

　幹次郎が襟元を大きく広げると有明行灯の灯りに汀女の乳房が白く浮かんだ。

　柘榴の家で暮らし始める儀式のように幹次郎と汀女の交《まぐわ》いは、いつもより長く続いた。


　朝、六つ（午前六時）に台所でおあきが竈《かまど》に火を入れる気配があった。

　汀女が寝床から出ようとしたとき、幹次郎も目を覚ました。

「幹どの、通りを渡った山川町《やまかわちょう》裏に湯屋がございます。朝湯に行ってきなされ。帰る時分に朝餉の用意をしておきます」

「姉様の匂いを洗い流すのはいささか勿体《もったい》ないようじゃ」

「あれ、朝からなんということを。このまま薄墨《うすずみ》様に会うと嫌がられますよ」

「薄墨太夫は吉原一の花魁《おいらん》じゃぞ。それがしとなんの関わりもないお方だ」

「加門麻《かもんあさ》様なればどうです」

「どういうことだ、姉様」

「麻様が真《まこと》の顔と気持ちを見せるのは幹どのだけです。いくら万金《まんきん》を薄墨様の前に積もうと麻様が他のお方に心まで許すことはございません」

「そのようなはずもない」

「いえ、幹どのも承知のこと」

と言った汀女が、

「加門麻様は、私の妹のようなお方です。麻様の想いを一度なりとも遂《と》げさせてやりとうございます」

「姉様、さようなことは考えてはならぬぞ」

「でしょうか、幹どの」

と言い残した汀女が自分の部屋に行き、着替えを始めた物音に幹次郎は寝床から起き上がると、雨戸の落とし猿《ざる》を抜き、開けた。すると浅草田圃の向こうに靄《もや》がかかった吉原が浮かんでいた。

(あそこが働き場所だ)

裏切ってはならぬと幹次郎は心に誓った。

黒介が廊下を走ってきた。

どうやら一夜にして柘榴の家が己の家と悟ったようで、子猫の顔に安心感が漂っていた。

「黒介、眠れたか」

みゃうみゃう
と黒介が答えた。

幹次郎は家じゅうの雨戸を開けるのにそれなりの時を要した。

柘榴はうっすらとした靄を纏《まと》わりつかせて、弾《はじ》けた実が折りからの日差しに艶々と輝いていた。

幹次郎は、明日から庭で稽古をなそうかと考えた。

「幹どの、湯銭も用意してございます。早く湯屋に行ってきなされ」

汀女に言われた幹次郎は、寝間着を常服《じようふく》に替え、脇差一本を腰に差して、

(なにやら武家の隠居になった気分じゃな)

と思いながら玄関を出た。すると、黒介もいっしょに行くつもりか、ついてきた。

「黒介、そなたは門までじゃぞ」

幹次郎の言う言葉が分かったか、黒介は板門を開くと、その前で止まった。

四半刻後、初めての山川湯からさっぱりとした幹次郎が柘榴の家に戻ってくると、黒介が門内で待ち受けていた。

「なに、ここで待っておったのか。なかなか利口じゃな」

幹次郎が抱き上げると、湯の香がするのか、腕を小さな舌で舐めた。

四

次の日、柴田相庵の診療所の門前から一丁の駕籠が出た。

吉原会所の七代目頭取四郎兵衛の乗った駕籠だが、付き添う神守幹次郎の顔に険しさがあり、門の外まで見送るお芳の表情も暗かった。

「駕籠屋さん、ゆっくりと行ってくださいな。頼みましたよ」

願われた駕籠屋も真剣な顔で頷き、先棒《さきぼう》なんぞは、

「お芳さんよ、加減が急に悪くなったんならさ、七代目はもう少しこちらにいたほうがいいんじゃないか」

と言ったものだ。

「相庵先生もそう何度も説得したんだけど、七代目は、いやや、吉原に戻りたい、やり残したことがあるとの一点張りで聞き入れてくれないの。先生も命に関わってもおれは知らぬぞ、と七代目の頑固《がんこ》ぶりに匙《さじ》を投げられたのよ」

「なに、命に関わるほど酷《ひど》いのか」

先棒の低声の問いにお芳が重々しく頷き、幹次郎が、

「お芳さん、静かに運んでいくでな」

と約束して駕籠が浅草山谷町の通りに出た。

駕籠は静々と通りを抜けて山谷堀の土手に出て、左岸を山谷町から五十間道《ごじっけんみち》へと続く橋を渡った。

五つ半（午前九時）ごろ、吉原界隈が静かな刻限であった。

泊まり客はすでに大門を出ており、遊女たちは二度寝を楽しんでいる頃合いで、衣紋坂《えもんざか》から五十間道の外茶屋やら食い物屋やらは、奉公人がひと休みしていて人影も少なかった。

そんな中、四郎兵衛を乗せた駕籠がひっそりと五十間道を大門に近づき、医師以外は駕籠での吉原入りは禁じられていたために、

「四郎兵衛様、気をたしかにお持ちくだされよ。吉原に戻ってきましたぞ」

と幹次郎が話しかけ、駕籠の垂れを上げた。駕籠屋は綿入れに包《くる》まって顔を伏せた四郎兵衛をちらりと見て、驚愕《きょうがく》した。

その顔色に死相が表われていたからだ。

その場にしゃがんだ幹次郎が背中を駕籠に入れてなんとか四郎兵衛の体を背負い、四郎兵衛は顔を幹次郎の背につけ、ぐったりとしたまま大門を潜った。

出迎えた若い衆は聞かされていた順調な快復とは程遠い容態《ようだい》に言葉もなく見守るしかなかった。

そんな中、幹次郎は四郎兵衛を背負って会所の中に運び入れた。小頭もこの光景に息を呑んで言葉を失い、顔面が蒼白《そうはく》になった。表でも、

「おいおい、どうなっておるのだ。七代目は怪我が快復したゆえ吉原に戻ってきたのではないのか」

と面番所の村崎季光同心が金次に問いかけた。

「わっしらもそう聞かされておりました。まさか神守様の背でぐったりとして運

ばれてこられるとは」

茫然自失《ぼうぜんじしつ》した金次が知り合いの駕籠舁《か》きに、

「おい、橋《はし》さん、どうなっているんだ」

と質した。

「明け方、加減が悪くなったらしいや。怪我は治ったんだがな、心臓が急に悪くなってよ、相庵先生がもうしばらくうちで静養しなされと引き止めたんだが、吉原で死にたい、やり残したことがあるとよ、頑固に言い張ってこうなったんだよ」

いつも大門前で客待ちする駕籠屋の先棒の橋三《はしぞう》がお芳の言葉をさらに深刻に、大仰《おおぎょう》に伝えた。

「た、大変だ」

金次が会所に飛び戻ったが、四郎兵衛は会所の奥座敷ではなくて、棟《むね》続きの引手茶屋、七軒茶屋の部屋へと運ばれて寝かされたという。

その場で迎えた玉藻も父親の急変に驚き慌てて、

「神守様、ど、どうなったんですよ」

と幹次郎を問い詰めた。

ふたりは額《ひたい》を突き合わせるように長いこと話し合っていたが、玉藻の泣き声が座敷から外に漏れて、事態の深刻さを想起《そうき》させた。

幹次郎は四半刻ほど顔を隠した四郎兵衛の枕辺《まくらべ》に寄り添い、ようやく落ち着きを取り戻した玉藻と看病を代わって会所に戻った。

「神守様、一体全体どうなっているんでございますか」

小頭の長吉が迫った。

会所の戸口には村崎同心もいて、聞き耳を立てていた。

「それがしも今朝訪ねて、驚かされたところだ。怪我はご存じのように治ったがな、痛めつけられた五臓六腑《ごぞうろっぷ》が代わりに悪くなったらしいのだ。相庵先生は、会所に戻っても御用なんぞは厳禁だと言い聞かせるのが精一杯でな、四郎兵衛様は、なんぞ胸に秘められたことがあるらしく、こちらにこうして戻ってこられたのだ」

「い、命に関わるほど悪いのか」

「ともかく今は薬を服用して、じいっと我慢しているしかあるまい、との相庵先生の言葉であった」

「た、大変だ」

「ああ、吉原会所の非常事態だ。小頭、ともかく噂を聞きつけて吉原の旦那方が見舞いに来られるかもしれないが、今はだれも面会は禁じられておるからと帰ってもらうしかない。然るべき折りに見舞いの場は設けると言うてな」

「三浦屋四郎左衛門の旦那もですかえ」

「三浦屋の旦那は七代目とは親しい間柄ゆえ、それがしが様子を伝えに参ろうと思う」

「そ、それがいいや」

幹次郎は、身形《みなり》を整え直すとふたたび会所の敷居を跨いで表に出た。

「神守どの、どういうことだ」

村崎同心が幹次郎の袖を引っ張って質した。

「お聞きの通りですよ。それがしも四郎兵衛様の容態の急変に魂消《たまげ》ました。ですが、七代目の意志が固いもので、玉藻様のお叱りを覚悟で連れ戻ってきたのです」

「心臓と駕籠舁きが言いおったが、たしかか」

「心臓も他の臓器もだいぶ悪いらしい。これまでの無理が過日の奥山での奇禍で誘発《ゆうはつ》されたらしゅうござる」

「怪我の治療といっしょに五臓六腑の治療もできなかったのか」

「怪我が酷い折りは、内臓の悪さは怪我の痛みで隠れていて見つけられなかったそうな」

「柴田相庵が見落としたのか。それがし、あいつは山谷でお助け先生なんて呼ばれているが、藪《やぶ》医者ではないかと予《かね》てから察しておったぞ。えらい目に遭ったものよ」

「ともかく村崎どの、この一件、極秘に願いたい。四郎兵衛様が危ないと分かると、次の頭取の八代目は私がという者が出てくること請《う》け合いですからな」

「相分かった」

「御免」

と立ち去りかけた幹次郎に村崎同心が、

「どこに参る気だ」

「三浦屋の四郎左衛門様には真相を告げぬわけにもいきますまい。ただ今の吉原は、四郎兵衛様と四郎左衛門様の両輪で動かされているのですからな」

「いかにもいかにも」

と得心《とくしん》した村崎季光の顔に、

（この話、どうしたものか）

となにかを企てる表情があるのを幹次郎は見た。

「よいですな、内密の話ですぞ。噂が広まるとえらいことだ」

「分かっておる、わしの口は堅いので評判の巾着《きんちゃく》口だ」

と胸を張ったが、

「四郎兵衛の命、風前の灯《ともしび》」

という噂は直ぐに吉原の内外に広まることは請け合いだと、幹次郎は思った。

そのころ、四郎兵衛は、番方の仙右衛門とお芳の家に診療所から密かに引き移り、仙右衛門と話し合っていた。

昨日、四郎兵衛と幹次郎が話し合い、相談し合った内容のおよそは仙右衛門にも伝えられた。

だが、牢屋敷の大牢で密かに殺された喬之助が隠し持っていた紙片が左吉を通して幹次郎に渡されたこと、それと四郎兵衛が亡くなった祖父様から聞かされた『吉原五箇条遺文』のことは、番方にも伝えられなかった。

牢内の殺しはこのところ吉原を覆う暗雲と関わりがありそうだ、ために、を話した。

「四郎兵衛の容態悪し」の噂を広めて、その間に四郎兵衛と幹次郎とで真相を突き止めると決めたこと
仙右衛門は半信半疑の体で、四郎兵衛の説明を聞き、

「七代目、容態が芳しくない四郎兵衛様が出歩くことはできますまい。神守様が七代目の代役を務められるのでございますか」

「いや、これぱかりはだれにも代わりは務められない。夜まで待ってな、密かにこの家から別の場所に引き移る。番方、それまで私をそなたらの家に置いておくれ」

「それはようございますが、会所に運び込まれた偽の四郎兵衛様はいってえ、だれなんでございますか」

「ああ、あれか、柴田相庵先生の診療所の飯炊きの越後《えちご》の富右衛門《とみえもん》さんだ。私と背恰好が似ておりますでな、その顔にお芳さんがさ、死相が出たように上手に化粧《けわい》をしたんだよ。富右衛門さんもお芳さんもなかなかの役者でした」

四郎兵衛が言い、にやりと笑った。

半日もしないうちに、

「吉原会所の頭取四郎兵衛の容態が急変し、死に瀕《ひん》しているという噂」

が廓の内外に広まった。

一方、竹杖をついた四郎兵衛は、その夜のうちに幹次郎だけを供にして、橋場《はしば》町《ちよう》の妙亀山総泉寺《みようきさんそうせんじ》を訪ねた。この橋場町界隈、総泉寺の門前町を形成していたが、里の古老などは今も、

「浅茅ケ原《あさじがはら》」

と呼ぶような寂しいところだった。

四郎兵衛と幹次郎が訪ねた夜も雨でも降りそうで漆黒《しっこく》の闇が辺りを包んでいた。

幹次郎は、総泉寺は吉原関わりの寺であったかと推測した。

四郎兵衛だけが住職の総澹《そうたん》に会い、幹次郎は供待ち部屋で一刻《いっとき》（二時間）以上も待たされた。

ふたりが三門《さんもん》を潜って大門通りに戻ったとき、浅草寺で撞《つ》く時鐘が四つを告げた。

「神守様、やはり旅に出ることになりました」

「承知しました」

「これからですぞ」

「それがしは構いませぬ。四郎兵衛様は夜旅となりますが宜しいので」

「今から十年ほど前までは大山詣《おおやま》でに出かけた健脚でございますよ。まあ、体と相談しながら参りましょうかな」

大門通りを東に進むと隅田川の右岸には御寮《ごりょう》が並び、油絞所《あぶらしぼりじょ》から菜種《なたね》油の匂いが岸辺に漂っていた。

「待ったかね」

「わっしら、待つのも御用のうちですよ」

灯りも点さず、船宿の名も隠した船頭は頬被《ほおかむ》りをしていたが、声音でとくと承知の者と幹次郎は察した。

「乗せてもらいますよ」

幹次郎は知らなかったが、四郎兵衛から連絡《つなぎ》が行っていたのか、今戸橋《いまどばし》際の船宿牡丹屋《ぼたんや》の老練な船頭政吉《まさきち》が待っていたのだ。

幹次郎は四郎兵衛の手を取って乗り込ませると、舳先《へさき》を押して猪牙舟《ちょきぶね》を岸辺から押し出し、
ひょい

と飛び乗った。

心得た政吉が棹《さお》を使って流れの中ほどに出し、櫓《ろ》に替えると舳先を千住宿《せんじゅしゅく》へと向けた。

幹次郎は、岸辺にざわついた気配があるのを見ていた。

敵方も四郎兵衛の様子を当然のように窺っていた。その密偵《みってい》たちは、未だ柴田相庵の診療所に見張りを残していたと思えた。

櫓の音が定まり、政吉が、

「おふたりの旅仕度は、並木町の料理茶屋山口巴屋でさ、玉藻様と汀女先生から預かってきましたよ」

と胴《どう》ノ間《ま》に置かれた風呂敷包みふたつを指した。幹次郎が触ってみるとひとつの包みは小判のようで、かなり重かった。

「七代目の早業に驚きました。それがし、この形で西方浄土《さいほうじょうど》の果てまでも四郎兵衛様のお供をすると覚悟しておりましたものを」

と幹次郎が政吉に笑いかけた。

「神守様、先日死に損なったばかりの四郎兵衛でございますよ。西方浄土には足を向けずにもうしばらく長生きさせてもらいましょうかな」

四郎兵衛の言葉に幹次郎が念を押した。

「この旅を承知なのは、だれとだれにございますかな」

「私ども三人と玉藻に汀女先生、それに三浦屋四郎左衛門様ですよ。されど、私と神守様がどちらに旅するのか、ひとりを除いてその他は知りません」

四郎兵衛の言葉に政吉が言い足し、

「神守様、わっしの役目は途中の場所まで送り届けることでございますよ」

「四宿《ししゅく》のどこかですかな。千住宿とすると日光《にっこう》道中か、大原道《おおはらみち》」

と幹次郎が応じ、

「とは限りませんぞ。川の流れも道もどこへなりとも通じておりますからな」

と政吉が答えたものだ。

橋場ノ渡しを過ぎた辺りで四郎兵衛は、左岸の寺島村《てらじまむら》へと政吉に行き先を変えさせた。

隅田川の本流のあちらこちらに寄洲《よりす》があった。大雨のあと上流から流されてきた流木《りゅうぼく》や土砂が長年の間に堆積《たいせき》して、中洲《なかす》を造っていた。その分流へと猪牙舟を入れさせた四郎兵衛は、そこをさらに下るように命じた。

四郎兵衛は、己の行動を見張っている者がいると承知していて政吉に上流へと漕《こ》ぎ上るように命じ、尾けてくる舟の気配がないことを確かめたあと、下流へと向け直させたのだ。それも本流ではなく、寄洲の背後に隠れた分流へだ。

「七代目、なんとも用心深いことだねえ」

「政吉さんや、長い付き合いだ。私の用心深さは承知と思ったがねえ」

「そりゃそうですが」

「政吉さん、おまえさんもこの数日気をつけておくれ。こたびの相手は尋常ではない」

「と申しますと」

「だれにも言ってはいけないよ。小伝馬町の牢屋敷に逃げ込んだ者をふたりの殺し屋を送り込んで始末し、さらにその者と大牢の中で口を利いた者まで殺した連中だ」

四郎兵衛の言葉に、政吉が幹次郎に視線を送ったのを感じた。

「七代目の怪我も、奥山で不逞の無宿者に負わされたものと噂を聞かれたと思うが、さに非《あら》ず。牢屋敷に刺客を送り込んだ一味の頭分《かしらぶん》が命じたものなのだ」

「七代目にこの界隈の不逞の無宿者が殴る蹴るの暴行をするとも思えなかったが、やはり違ったか」

「吉原が潰されるか、生き残るかの大戦《おおいくさ》です。いくら用心しても用心し過ぎるということはない」

「それでかような旅か、得心できたよ、七代目。明日から当分一見《いちげん》の客の注文は受けないことにするよ」

と政吉が請け合った。

深川と寄洲の間の闇を伝って吾妻橋《あづまばし》、両国《りょうごく》橋、新大橋、さらには永代《えいたい》橋と潜って、大川河口に辿り着いた政吉の操る猪牙舟は、佃島《つくだじま》の猟師町《りょうしまち》に向かうように命じられた。

「七代目、船旅をしなさるか」

「政吉さんや、知らないほうが身のためですよ」

「それもそうだ」

「玉藻にも汀女先生にもこのことは内緒にしてくださいな」

「だれぞから尋ねられるようなことがあったら、どうしたものかね」

「そういう奴に近づかないことが一番安心だがね。ともかく私たちのことを問うた者がいれば、知らぬ存ぜぬで通しなされ。そして、私どもが吉原に戻った折りに、その名を教えてくだされ」

「承知しましたぜ。いつ江戸に戻られると訊いても教えてはくれますまいな」

「そちらも知らないほうがいい」

四郎兵衛の答えに政吉が頷き、猪牙舟を佃島の船着場に寄せた。

幹次郎は風呂敷包みをふたつ提げ、四郎兵衛の手を引いて船着場に上がった。

四郎兵衛は最後に政吉船頭に書状を預け、なにごとか言葉を添えた。

「気をつけてお帰り」

四郎兵衛と幹次郎は、政吉船頭の猪牙舟を遠ざかるまで見送ると、佃島の住吉《すみよし》社《しゃ》の方角へと歩いていった。

摂津国《せっつのくに》田蓑嶋《たみのしま》神社を正保《しょうほう》三年（一六四六）に大川河口の佃島に勧請《かんじょう》した住吉社は、島の北東、石川島《いしかわじま》と運河を接してあった。

その佃島住吉社の船着場に一艘《そう》の船がふたりを待ち受けていた。

幹次郎は、魚臭い船の正体を察して、夜の船旅かと覚悟した。

第三章　古都詣で

一

夜の江戸内海を一艘の押送船《おしょくりぶね》が南下していた。

一枚帆《ほ》を張り、左右の船縁《ふなべり》にふたりずつの四丁の櫓、さらには艫《とも》にも長大な櫓が設けられ、ふたりの櫓方が他の四丁の櫓と息を合わせて漕いでいた。

ゆったりとした動きながら、六人の櫓方の動きは無駄がなく船足が速かった。

艫近くに船頭の友造《ともぞう》が櫓方に睨みを利かせて立ち、月明かりの夜の海を見張っている。

四郎兵衛と幹次郎は敷かれた筵の上の座布団に座り、道具箱を背凭《もた》れにした四郎兵衛の体には綿入れが掛けられて吹きつける寒風を避けていた。

ふたりは、玉藻と汀女が用意した旅仕度に着替えていた。

だが、幹次郎が被った塗り笠がばたばたと鳴るほどの強風で、顎にしっかりと結んだ紐が食い込んだ。

四郎兵衛は最前まで煙草に火を点《つ》けようと努めていたが、風できざみに燃え移らなかった。

それを見ていた友造船頭が、

「七代目よ、押送の上でよ、煙草を喫えるようになるには年季が要るぞ」

と笑った。

この押送船、三浦《みうら》半島の小坪湊《こつぼみなと》から江戸の魚河岸《うおがし》に獲《と》れ立ての旬《しゅん》の魚を運び込む船だった。

相州《そうしゅう》小坪湊から江戸までは半島を回り込む海路であった。

だが、初鰹《はつがつお》の時期などは押送船が競《きそ》い合って日本橋《にほんばし》の魚河岸に獲物を届けた。

一番船の荷は、ご祝儀《しゅうぎ》相場の高値がついて取り引きされたからだ。それに漁師と船頭の意地もかかっていた。

「神守様、友造船頭は、押送の中でも腕のいい船頭にして漁師でしてな、若いころは初鰹の一番荷を何度も魚河岸に届けて、その足で吉原に繰り込んでは豪快に散財なさったお客人ですよ」

と説明する四郎兵衛に、口に煙管《キセル》を咥《くわ》えた友造が、

「七代目、昔話をするんじゃねえ。若い櫓方が本気にするじゃねえか」

と笑い飛ばした。

「おや、友造さんや、私の覚えが間違いと仰《おつしや》るか」

「もう二十年も昔の話だね、あのころは初鰹がなかなかの高値で取り引きされたからね、あんな馬鹿げた遊びもできた」

「ほれ、やっぱりそうではないか。押送の友造の名は古い番頭新造《ばんとうしんぞう》なんぞは時々口にしますよ」

「七代目、まさかおれの名が今でも吉原でかね、今度耳にしたら友造は身罷りましたとでも答えておいてくださいよ」

「はいはい、そうしましょうかね。この時節はなにを運ばれますな」

「旬の鯖《さば》と戻り鰹だ。半端《はんぱ》仕事でさほどの銭にはなりませんよ」

青葉の季節、初夏卯月《うづき》、江戸っ子は初鰹を賞味した。公方《くぼう》様から裏長屋の住人までもが競って食べた。

鰹は南の暖かい海に棲《す》む魚だが、回遊性が強く、暖流《だんりゆう》に乗って北上してくる。

そして、四月、鎌倉《かまくら》の沖合で獲れ始める。

この初物を江戸に運ぶのが押送船だ。そして、秋口から冬にかけて北上した鰹が戻ってくるが、戻り鰹はさほど珍重《ちんちょう》されなかった。

江戸っ子にとって旬の、生きのいい初鰹を食すことこそが身上《しんじょう》だった。

「本日は帰り船にも荷を積んでもらいましたでな、無事にあちらへ運んでくだされよ」

「合点承知《がってんしょうち》だ。暗い海を走るのは、押送船の船頭の得意技のひとつだ。七代目もお侍も安心してよ、綿入れに包《くる》まって寝ていなせえよ」

友造とは古い付き合いのようで、四郎兵衛は柴田相庵の下男を魚河岸に使いに立て、押送船を佃島に待たせていたのだ。

「旅とは承知していましたが、江戸内海を早船で突っ切るとは努々《ゆめゆめ》考えもしませんでした」

苦笑いする幹次郎は、四郎兵衛の企てに驚きを禁じ得なかった。

「まあ、年寄りの酔狂《すいきょう》と考え、旅を楽しんでくだされ」

と答えた四郎兵衛が背の道具箱に凭れかかり、両目を瞑った。

大怪我を負った四郎兵衛はひと月近く柴田相庵の診療所の一室を占めて、治療に専念していたのだ。

偽の四郎兵衛が重篤の体で娘の引手茶屋山口巴屋に運ばれ、吉原の内外に、

「会所の七代目は危ないらしいよ」

「なんでも怪我より心臓がよくないそうだ」

「七代目には、娘の玉藻さんしかいないや。跡継ぎはどうするんですよ」

などと四郎兵衛の跡継ぎを案ずる声が飛び交っていた。

一方、本物の四郎兵衛は、押送船に乗って相州金沢《かねさわ》沖を南下していたのだ。

幹次郎は、四郎兵衛が休んだのを見て、船の左側に小さく点る灯りに目をやった。

「お侍、ありゃ、房州富津岬《ぼうしゅうふっつ》にある灯りだ。ほれ、わっしらの行く手に別の灯りが見えよう。こちらは観音崎《かんのんざき》の灯りだ。江戸内海がよ、富津岬と観音崎で狭められて、潮が複雑に巻いてやがる。進む瀬戸を間違うと隠れ根《ね》に船底ぶつけて、一巻の終わりだ。板子《いたご》一枚下は地獄というのは真の話だよ」

「それがし、西国の城下で育ったゆえ海は岸から眺めるばかりであった。かように陸《おか》から離れて夜の海を走るのは初めてにござる。いささか不安を感じておる」

「吉原会所の裏同心にも怖いものがあったか」

「船頭どの、神守幹次郎、それがしのことを承知なのか」

「最前も口にしたが、わっしが吉原の大門を潜っていたのは、二十年も前のことだ。だがな、江戸にはかようにしてしばしばやってくる。その折り、魚河岸の連中から吉原会所の裏同心のことを聞かされていたのさ。お侍は、凄腕だってね」

「さあてな。凄腕かどうか知らぬが、われら夫婦は吉原会所に拾われた身、精々できることをなすしかない」

「そうだってね。おかみさんができた人でよ、吉原会所は今やおめえさんたち夫婦がいなきゃ成り立たないそうな」

「それは埒《らち》もない大仰な噂話にござる」

「そう聞いておくか」

観音崎の沖を通過するとき、押送船は大きく揺れた。

だが、友造船頭も櫓方も平然としたもので、夜の海をひたすら南下していく。

幹次郎は、船酔いを覚えたが、ひたすら我慢するしか術《すべ》はなかった。

「久里浜《くりはま》を過ぎれば三浦の海岸よ。昼前にはなんとか小坪湊に帰りたいものよ」

と幹次郎に話しかけたが、幹次郎は答える元気を失っていた。

「吉原の裏同心も海には勝てぬか」

「船頭どの、勝てぬ相手に会《お》うたときは、ひたすら頭を下げて我慢するしかあるまい。どうやら今がその時らしい」

「よいおまじないの言葉を教えてやろうかえ」

「なんでございますな」

「海神様《わたつみ》海神様、陸地《おか》に上がったら神酒《みき》を捧げますで、気分の悪さを消してくだされ。約定やくじょう、とな、大声で海に向かってありったけの力を籠《こ》めて叫びなされ」

幹次郎は船上に立ち上がると、舳先の向こうの暗い海に向かって教えられた通りに大声で叫んだ。すると、
すうっ
と吐き気が治まったようで、気分がよくなった。

「船頭どの、よいおまじないを教えてもろうた」

「神守の旦那は素直なお方じゃな」

「はあ」

「いわしの頭も信心からと言うでな」

幹次郎はしばらく寒風に曝されて立っていたが、元の場所に座り直し、両目を

閉じた。

いつしか眠りに落ちていたらしい。ふと気づくと東の海が赤らんでいた。日の出が近いらしい。

辺りを見回すと島や陸地が近くに見えて、狭い海峡に差しかかっていた。

「眠れましたかな」

幹次郎が目覚めたのを見た四郎兵衛が声をかけてきた。

「船酔いしそうになったのに、船頭どのに教えてもらったおまじないの言葉で気分が変わりましたで、ついうとうとと致しました」

「神守様、ほれ、南の海は異国まで続く大海原《おおうなばら》、外海《そとうみ》にございますよ」

四郎兵衛が幹次郎に教えてくれた。

初冬の海に日輪《にちりん》が顔を出した。穏やかな日の出だった。その陽光が島影に隠れた。

「こちらが城《じょう》ヶ《が》島《しま》、北側に見える湊が三崎《みさき》にございますよ」

幹次郎には、押送船の行き先小坪も、この城ヶ島、三崎も江戸の西南に当たるらしいということは分かったが、頭の中にたしかな絵地図が思い描けなかった。

「われらは、小坪なる湊に向かうのでございますな」

幹次郎は初めて行き先を尋ねた。

「はい、そちらで船を下ろしてもらい、鎌倉に参ります。神守様は、源氏《げんじ》と関わりが深く、源氏によって鎌倉幕府の置かれていた武家の都《みやこ》のある土地をご存じですか」

「船頭衆が参られる小坪は鎌倉近くにございますか」

「この三崎から小坪までせいぜい海上五里（約十九・六キロ）、小坪から鎌倉の外れまで半里（約二キロ）にございますよ」

「昼前にも鎌倉に着くのでございますか」

「風次第でしょうが、友造さんなら必ず請け合った刻限に私どもを小坪に上げましょうな」

幹次郎は話柄を転じた。目的地が近くなったからだ。

「鎌倉にて、四郎兵衛様の身に危険が降りかかることがございましょうか」

「いささか小細工をして江戸を出てきました。ゆえに数日の猶予《ゆうよ》は、この鎌倉でございましょう。逗留《とうりゆう》が長引くようなれば、江戸から追っ手がかかるやもしれませぬ」

「相分かりました」

と幹次郎が答えたとき、

「四郎兵衛様よ、三崎の知り合いの飯屋で朝餉を食していくがよいか」

「友造さんや、こちらは荷ですよ。船頭どのの申す通りに動きますよ。それに腹も空いたし、喉も渇《かわ》きました」

と四郎兵衛が元気な声で答えて、押送船は三崎湊へと入っていった。

猫が押送船の到着に集まってきた。

漁《いさ》り舟と間違えたらしい。

幹次郎は、ふと黒介のことを思った。

柘榴の新居にわずか一日だけいて旅に出てきた。汀女とおあきに子猫の黒介があの家を守っている。そんなことを考えながら、押送船から四郎兵衛に従い、幹次郎は鎌倉の土地を踏むことになった。

湊では、千石船や漁り舟の男たちがこの海で獲れた魚をたっぷり入れた漁師汁に小鯖のみりん干しでどんぶり飯を掻き込むように食べていた。

「なかなか豪儀《ごうぎ》な朝餉ですな」

四郎兵衛が嘆声《たんせい》を上げた。

「海で働く男はよ、どんぶり飯の四杯や五杯食らわんでは、使いものにならないよ、四郎兵衛様」

「友造さんや、昨日まで医師のもとで寝込んでおった四郎兵衛ですよ。皆の衆の真似はできませんよ」

「歳には勝てないか」

「神守様、いかがですな」

「さあて、どんぶり飯一杯が食べ切れるかどうか。ただ船に乗せてもろうていただけの身ですから」

と幹次郎も遠慮した。

「おーい、三崎屋の親方、吉原会所のふたりにはどんぶりでなく、茶碗で装《よそ》うてくれないか」

と海の男衆相手の煮売り酒場の親父に願った友造が、四郎兵衛を振り向き、

「四郎兵衛様よ、酒はどうするね。昨日まで医者のもとで唸っていた身では酒はいかんな。神守様はどうだ」

「それがしも四郎兵衛様と同じで酒なしで願います」

「友造さんや、若い衆には仕事に差し支えぬ程度に酒を呑ませてやりなされ」

四郎兵衛が皆の朝餉代を支払うと約定し、

「吉原の頭取の懐は大きいでな」

と友造が櫓方の六人に酒を許した。

友造も四郎兵衛と幹次郎といっしょに酒は呑まず、朝餉を食した。三人の膳には生卵までついていた。

「おお、これは美味《うま》い」

漁師汁をひと口食した四郎兵衛が満足げに破顔《はがん》した。

幹次郎も口に持ってくる前に磯の香りがふんだんにする漁師汁に圧倒された。魚介類と若布《わかめ》が混然となった汁は、濃く深い味わいだった。

「四郎兵衛様、これはいかにも湊ならではの汁にございますな。皆の衆がどんぶり飯を何杯も食べられるわけが分かりました」

と幹次郎も嘆息した。

よほど美味だったか、四郎兵衛は二杯目を生卵をかけて食した。

「どうやら七代目の怪我も治りましたな」

「柴田相庵先生のところはこちらに気を使うてくれるのはよいが、粥《かゆ》ばかりでは怪我人の体がもちませんよ」

診療所の食べ物まで引き合いに出した四郎兵衛は、朝餉を食し終え、茶を喫《きっ》した。

櫓方の六人はひとり二、三合ほど酒を呑み、どんぶり飯を掻き食らって、しばしその場で仮眠を取った。

四郎兵衛と幹次郎は、その間に用を足したり、湊付近をそぞろ歩いた。

「江戸の西に広がる大海原を体で感じ取ることができました。四郎兵衛様に得がたい経験をさせてもらいました」

「未だ旅は始まったばかりですよ、神守様」

と応じた四郎兵衛がなにかを言いかけて、しばし沈黙し、

「外海の大海原を見たのは初めてと申されましたか」

と問うた。

「はい。姉様の手を引いて逃げる旅は、長門《ながと》から出雲《いずも》、若狭《わかさ》、加賀《かが》と北の海沿いでございましたし、伊達《だて》様の領内や小田原《おだわら》では海を見たはずですが、追っ手が気がかりでよく覚えておりません。われらが夜旅で江戸内海を南下するなど、どなたも考えはしますまい」

「いえいえ、われらが相手をする方々は、この国の隅々、光と闇まで見張っている者たちです。注意をしたほうがようございましょう」

四郎兵衛が幹次郎の気を引き締めたとき、

「四郎兵衛様、神守様、出かけますぞ」

と友造船頭がふたりに呼びかけた。

相模《さがみ》の内海に回り込んだ押送船は、油壺《あぶらつぼ》、長浜《ながはま》、荒崎《あらさき》とこんどは陸地沿いに北進していった。

内海の向こうに朝の光を浴びた霊峰《れいほう》富士がぬうっと、姿を見せた。

山の頂《いただ》きに雪を積もらせた富士山は、神々《こうごう》しいという他なく、幹次郎は海越しに仰《あお》ぐ霊峰に見惚《みと》れていた。

「神守様、この景色を見るだけでも友造さんの押送に乗せてもらった甲斐《かい》がございましたな」

「いかにもさようです。江戸から遠望する富士と違い、気高《けだか》くも圧倒されます。人の営《いとな》みを常にあの御山が見下ろしていてくれるのですね」

「たしかに千両貯めた、万両を金蔵に持っておるというたところで、それは欲望に過ぎませぬ。あの富士に比べれば、瑣事《さじ》にございますな」

「とは申せ、われらの暮らしは些細《ささい》な欲望を満たすために成り立っております。

富士は、それを超えた無垢《むく》なる存在にございますな」

四郎兵衛と幹次郎は、富士の眺めを堪能しながら長者ケ崎《ちょうじゃがさき》を横目に逗子《ずし》へと向かった。

幹次郎の脳裏に言葉が浮かんだ。沖に漁り舟が見えた。

朝焼けの　真白き富士や　漁り舟

「神守様よ、われらが湊の小坪が見えてきたぞ」

と友造が叫んだ。

小坪に到着したとき、初冬の日は中天《ちゅうてん》にあった。

なんと江戸から半日で鎌倉近くの小坪湊に着いたのだ。幹次郎には考えられなかった海路の旅であった。

なにが鎌倉に待っているのか、幹次郎は気を引き締めながら近づく湊を見ていた。

二

小坪湊から鎌倉へ、馬の背に揺られる四郎兵衛と徒歩《かち》の幹次郎が冬の日差しを浴びて辿っていた。

相模の内海から海岸へとうねる波が押し寄せていた。漁り舟の帆が波間に見え隠れしている。

小坪で友造船頭が通りかかった知り合いの馬方《うまかた》に願って、怪我が治ったばかりの四郎兵衛を馬へと乗せてもらった。

荷馬だが、人を乗せつけている馬らしく、長い顔を振りながら、ぽこぽこと馬《ば》蹄《てい》の音をのんびりと響かせて歩いていく。それが潮騒《しおさい》に混じって聞こえるとなんとも眠りを誘った。

鎌倉は、平安以来の源氏の根拠地と四郎兵衛に聞いていたが、海岸沿いは鄙《ひな》びて、

「雅《みやび》な古都《こと》」

という印象はなかった。

水量の少ない滑川《なめりかわ》に架かった木橋を渡ると、馬方が四郎兵衛の乗る馬を東へと向けた。すると大きな道が一直線に延びて、数丁（数百メートル）先に一の鳥居が見えた。さらに奥の、突き当たりの小高い山に神社が見えた。大臣山《だいじんやま》だ。

だが、幹次郎は通りの名も山の名も知らなかった。

鎌倉は紅葉《もみじ》から落ち葉の時節を迎えていたが、幹次郎は、なぜか、

（懐かしい）

と感じていた。

「神守様、鎌倉の鶴岡八幡宮《つるがおかはちまんぐう》の参道、若宮大路《わかみやおおじ》でございますよ」

馬の背から四郎兵衛が幹次郎に説明した。どうやら眠気がして落馬しないように幹次郎に話しかけている気配だった。小紫《こむらさき》の一件で若宮大路を知っているつもりでいたが、まるで印象が違った。なにも覚えてないに等しかった。

「神守様、私どもは押送船に乗せてもろうて、海の道を鎌倉へと参りましたがな、鎌倉に都のあった昔、諸国から通じる道はすべてこの鎌倉へと延びておったのでございますよ。ふだんはそれぞれ在《ざい》で暮らしを立てておりますが、いったん事が起こったとき、御家人は鎌倉へ馳《は》せ参じねばなりません。土地の拝領を許された

御家人が、大事の出来《しゅったい》の折り、急いだ道が鎌倉街道にございますよ。『いざ、鎌倉』と申しますがな、この命がけで鎌倉を守るために馳せ参じる御家人の心意気、覚悟がこの言葉にすべて込められておりましょう」

四郎兵衛の話はいつもよりゆったりとしていた。

「と仰いますと、鎌倉街道はひとつではないのでございますか」

「はい、関八州《かんはっしゅう》ばかりか、諸国に四通八達《しつうはったつ》しておるのが鎌倉街道にございますよ。まず武蔵路《むさしじ》、信濃路《しなのじ》とも称する『上道《かみのみち》』、奥大道《おくのたいどう》と呼ばれた奥州道中から鎌倉に通じる『中道《なかのみち》』、ただ今房総《ぼうそう》街道、常陸《ひたち》街道と呼ばれている『下道《しものみち》』、さらには、京から東海道《とうかいどう》筋を経て鎌倉に至る『京・鎌倉往還《おうかん》』、江戸内海沿いに延びた『六浦道《むつらみち》』が主な鎌倉街道でございます。私どもは、『六浦道』沿いに友造船頭の押送で海路を進みこの地に辿りついたことになります」

「江戸から六浦道を通ってきますと、何日の行程にございますか」

「神守様のような旅慣れたお方でも一泊二日、年寄りや女の足では、二泊三日の旅にございましょうかな」

「私どもはそれを夜の間、半日の船旅でございました」

「船酔いに煩《わずら》わされますがな、押送船ならではの早業でした」

四郎兵衛が人脈の広さならではの早旅にいささか得意げな顔をした。

「さあて、だんだんと一の鳥居が近づいてきましたがな、鎌倉はご覧のように南を相模の海に面し、三方を小高い山に囲まれた都にございます。鎌倉街道を辿ってきた旅人は、鎌倉七口《ななくち》と称される切通《きりどお》しを抜けねば、この鎌倉に入れません」

「四郎兵衛様、わが故郷の豊後国岡藩ですが、臥牛《がぎゅう》山と呼ばれる丘陵《きゅうりょう》の地にございまして、北に稲葉川《いなばがわ》が、南に大野川《おおのがわ》が曲がりくねって流れるために天然の要害《ようがい》の地でございました。ために城下に入るには鎌倉のように切通しを抜けねばなりません。なんとなく懐かしさを感じたのは、そのせいでございましょうか」

「おや、豊後の岡城下もかような地形にございましたか」

「鎌倉のように幕府が置かれた地ではございませんゆえ、もっと鄙びております」

幹次郎の言葉に首肯した四郎兵衛は、話をしているうちに眠気が消えたか、饒舌《じょうぜつ》になっていた。

「新田義貞《にったよしさだ》が鎌倉を攻めたという報に接した下総《しもうさ》の豪族千葉貞胤《ちばさだたね》は、石岡《いしおか》、下総の松戸《まつど》、武蔵の池上《いけがみ》を抜けて、永谷《ながや》にて中道に入り、鎌倉に馳せ参じました。その折り、最前申した鎌倉七口のどれかひとつを通らねばなりません。山を削り、岩を砕いて造られた切通しは、軍勢がいちばん警戒する場所にございますよ。おお、岡藩育ちの神守様に、切通しの能書《のうが》きを垂れて四郎兵衛も耄碌《もうろく》しましたかな」

「いいえ、面白うございます。して、その鎌倉七口を教えてくだされ」

「思いつくままの爺の長講釈《ながこうしやく》、すべてを思い出すかどうか、自信はございません。まあ、旅の徒然《つれづれ》にお許しくだされよ。その一は、化粧坂《けわいざか》切通しにございましてな、信濃国から発した鎌倉街道の上道が、この化粧坂切通しを抜けて鶴岡八幡宮に入るのでございますよ。その二は、大仏坂《だいぶつざか》の切通しでしょうかな。東海道の藤沢《ふじさわ》から鎌倉に入る旅人が通る七口のひとつにございましてな、鎌倉時代には、鎌倉を窺う軍勢を食い止めるために造られた切通しと聞いております。臨済宗《りんざいしゆう》建長寺《けんちようじ》派の大本山《だいほんざん》、鎌倉五山《ござん》のひとつでもある建長寺の傍らを抜けるのが、巨《こ》福呂坂《ぶくろざか》の切通しにございます。これで三つですな。さてあとはどこか、そうじゃ、江戸内海沿いに道中してきた六浦道の旅人が世話になるのが、朝比奈《あさひな》の切通しにございます」

「旅の方よ、わしらよりよう承知じゃな」

と黙って荷馬の手綱《たづな》を引いていた馬方が四郎兵衛の博識《はくしき》を褒めた。

「土地の人を前に講釈を続けるのも気が引けますが、ここまで恥を曝したのじゃ。最後まで務めましょうかな。五つ目は、治承《じしょう》四年（一一八〇）と申しますから六百年以上も前に坂東武者《ばんどうむしゃ》を率いて鎌倉入りした源頼朝《みなもとのよりとも》が通った亀谷坂切通《かめがやつざか》しでございましてな」

とすらすらと説明してきた四郎兵衛が六つ目を思い出せないのか言いよどんだ。

「日蓮上人《にちれんしょうにん》が鎌倉入りしたとき、通られた切通しがあるぞ」

「おお、そうでした。名越《なごえ》の切通しは、相模の内海を見下ろしながらの山中の切通しでしたな。これは馬方さんの助けを借りんでも思い出せた。稲村《いなむら》ケ崎《がさき》から極《ごく》楽寺《らくじ》を経て鎌倉に至る極楽寺坂の切通しが七口目です」

「お客人、なかなかの物知りじゃな」

馬方が褒めた。

「大昔のことですよ、親父に命じられて大山詣でに出かけた折り、帰りに江の島に立ち寄り、鎌倉に足を延ばしてな、ある寺にて座禅《ざぜん》修行をなしたことがございます。むろん親父の言いつけにございました。その折り、若さに任せて七口巡りというので七つの切通しを走り切る馬鹿げた遊びを企てましてな、禅修行の合間にやってのけたことがあるのですよ」

「若い時分とはいくつの折りでございますか」

幹次郎が四郎兵衛に訊いた。

「十七、八でしたかな」

「四郎兵衛様の十七、八歳とは、なかなか面影が浮かびません」

「神守様と会《お》うたときには、すでに立派な爺でしたからな。そんな私にも十七、八の無茶盛りがあったのでございますよ」

一行はすでに二の鳥居を潜っていた。

「お客人、どこへ着けるだ」

「三の鳥居の前でな、下ろしてくだされ。まず鶴岡八幡宮に参拝していきますでな」

「待つかね」

「いえ、あちらで下ろしてくだされば、知り合いの旅籠《はたご》は直ぐ傍《そば》です」

鶴岡八幡宮の三の鳥居の前で馬を下りた四郎兵衛が、馬方に乗り賃を二朱《しゅ》渡した。馬方は、

「友造さんの知り合いから銭が取れるものか」

と遠慮した。

「そう申されずに受け取ってくだされよ、爺の気まぐれと思うてな」

「ならば頂戴しますよ」

馬方が陽光に焼けた顔に皺《しわ》を寄せて笑った。

四郎兵衛と幹次郎のふたりになって、まず三の鳥居を潜った。

旅仕度の他に着替えと五百両が入った道中嚢《どうちゆうぶくろ》を幹次郎が背負っているだけで、身軽だった。船中で着替えた衣装は、友造船頭の家に預けてあったからだ。

帰路、船になるか徒歩になるか分からぬが、四郎兵衛は竹杖だけの軽装だ。

この物語の時代から遡《さかのぼ》ること六百年以上も前、東国に新しい、

「都」

が造られた。

治承四年四月、後白河法皇《ごしらかわほうおう》の皇子である以仁王《もちひとおう》が諸国の源氏に「平家討伐《へいけ》」の命を下したのを機会に、伊豆で挙兵した源頼朝が東国の武士を糾合《きゆうごう》して、源氏一族の拠点としたが、ここは頼朝の父祖《ふそ》の地でもあった。

都鎌倉の始まりである。

その折り、大臣山の麓《ふもと》に、

「鶴岡八幡宮」

を建て源氏の氏神《うじがみ》を移して、都鎌倉の町造りを始めたのだ。

潮風に吹かれた口と手を浄《きよ》めて舞殿《まいどの》のほうを見ると、その背後に大きな銀杏《いちょう》の大木が黄葉を広げて、初冬の光を浴び、それ自体が光を放っているように見えた。

幹次郎は、船上でとろとろとしただけで眠りが足りていなかった。ために銀杏の重なり合った葉が光を放っているようで眩《まぶ》しく思えたのか。

「この大銀杏ですがな、鎌倉幕府の三代将軍源実朝《さねとも》を討った源公暁《くぎょう》が身を潜めていた銀杏と伝えられていますのじゃ、そのために隠れ銀杏の異名《いみょう》がございますよ」

「源実朝様が殺《あや》められた場所にございますか」

幹次郎は大石段の途中で立ち止まり、隠れ銀杏に向かって合掌した。

大石段をゆっくりと上がったふたりは、本宮《ほんぐう》の前で、それぞれに旅の無事と吉原の安泰《あんたい》を願って祈り、四郎兵衛は、賽銭《さいせん》箱に五両の小判を落とし入れた。その様子を見た参詣人が口をあんぐりと開いて仰天《ぎょうてん》し、四郎兵衛を見ていた。

幹次郎は、分《ぶん》に応じて一朱を投げ入れた。

本宮の前に立つと若宮大路の全貌《ぜんぼう》が見え、その先に由比《ゆい》ヶ《が》浜《はま》の海が西に傾いた日に照らされて黄金《こがね》色に輝いていた。

「私どもがただ今通ってきた大路を若宮大路と申しましてな、これは京の朱雀大路《すざくおおじ》になぞらえて造られたものですよ。頼朝様の御台所《みだいどころ》の北条政子《ほうじょうまさこ》様の安産を祈願して造営されたもので、鶴岡八幡宮の社頭《しゃとう》から浜に至る参拝道、段葛《だんかずら》にございます」

とここでも四郎兵衛が鎌倉の案内人を務めてくれた。

刻限は、八つ半（午後三時）辺りか。

「四郎兵衛様、どうなされますな」

なにか迷う風な四郎兵衛に幹次郎は尋ねた。

「知り合いの旅籠に参りましょうかな」

「四郎兵衛様、訪ねていかれる先は、この近くにございますかな」

「この大臣山の背後にございます、半里（約二キロ）とは離れておりますまい。されど相手様の都合もあること、使いを立てて、それから動きを決めましょうかな」

四郎兵衛が答え、竹杖をついて大石段を下り始めた。

「四郎兵衛様ではございませんか」

参拝客のひとりが声をかけてきたのは三の鳥居まで戻ったときだ。ふたりの供

を連れた初老の人物だった。供のひとりのお仕着せの襟に、

「日本橋　鯛扱い　江之浦屋《ごうのうらや》」

の文字が染め抜いてあった。

魚河岸の魚問屋の主であろうか。

「おや、江之浦屋さん、鎌倉詣でですか」

「豆州の江之浦の本家に法事がございましてな、ついでに鎌倉見物に立ち寄ったところです」

「それはそれは」

「四郎兵衛様も鎌倉見物にございますか」

「はい。連れの神守様があまり鎌倉を知らぬと申されますでな、ふたりしてまずは鶴岡八幡宮に詣でたところですよ」

「それはご奇特《きとく》な」

会釈を交わしてふた組は別れ、三の鳥居を出て横大路を半丁（約五十五メートル）ほど歩いたところに四郎兵衛の知り合いの旅籠はあった。

横大路に面して石組みの庭があり、紅葉の枝が表戸へとかたちよく差しかかっていた。暖簾《のれん》には、

「鎌倉　朝比奈屋《あさひなや》」

とあった。

「御免くだされよ」

四郎兵衛が水の打たれた石畳の表戸前から声をかけると、

「いらっしゃいまし」

と男の声がした。

四郎兵衛が敷居を跨ぐと、男衆と女将風の女が迎えた。

「おや、吉原会所の七代目」

「お怜《れい》さん、あらかじめお知らせもしておらぬが、部屋がございますかな」

と話しかけられた女将が、

「四郎兵衛様、何日ご逗留になりますか」

と問い返した。そして、四郎兵衛のあとから従ってきた神守幹次郎を訝しげな眼差しで見た。四郎兵衛の供とは思えなかったからか。

「それも先様《さきさま》次第でな、そなた方に相談しようと思うておりました。おそらく三、四日は逗留します。その先は用事次第にございましてな」

「あいにく四郎兵衛様に相応《ふさわ》しい上部屋は今晩埋まっております。明日にはいつもの座敷を用意できます」

お怜と呼ばれた女将が答えた。

「どのような部屋でも構いませぬ。ひと部屋あれば神守様とふたりでひと晩過ごせますでな。気になさるな」

番頭が濯《すす》ぎ水をと奥に命じると、女衆が桶にぬるま湯を張って運んできた。

四郎兵衛が草鞋《わらじ》の紐を解く様子を見て、番頭が、

「本日は藤沢辺りからお駕籠で参られましたか。足元がそう汚れておられませんが」

と訊いたものだ。

「商売柄、足元を見る目はしっかりとしていなさるな、番頭さん」

「畏《おそ》れ入ります。やはりお駕籠で」

「それがな、押送船に乗せてもらいました」

四郎兵衛が足を女衆に洗わせながら船旅を説明した。

幹次郎は、自ら濯ぎ水を使い、短く済ませた。

「驚きましたな。江戸を昨夜発《た》って鶴岡八幡宮を参拝してうちに見えましたか。さような方法があるとは、鎌倉住まいの私どもでも知りませんぞ」

りますのでな」

「その昔、悪さをしていた時分のおかげでな、さような知り合いはそれなりにお

四郎兵衛が応じた。するとお怜が、

「巨福山《こふくさん》に用事でございますか」

「そうなのだ、お怜さん」

「どなたに御用ですか」

「板倉道慶《いたくらどうけい》老師に」

「それは困りました」

「おや、道慶老師はなんぞ都合が悪うございますかな」

「ただ今、京に参っておられまして、そろそろお戻りのころだとお坊さん方から

話を聞いたばかりです」

「おや、お留守でしたか。ならば、明日にも副住職の嘉藍《からん》様にお会いしてみます。

それ次第でこちらに何日世話になるか決まります」

ふたりは一階の六畳間に通された。

「神守様、こちらで今晩は我慢してくだされ」

「それがしは構いませぬ」

「押送船を思えば、なんでもございませんでな」

とふたりは話し、四郎兵衛は帳場にて一通書状を認《したた》めると言い残して部屋を出ていった。

幹次郎が知らぬことがこの鎌倉に待っているのはたしかだった。

ともかくどのようなことが起ころうと、そのときの覚悟だけはつけておこうと幹次郎は思い直した。

三

朝比奈屋の風呂に四郎兵衛が浸かり、居眠りをしていた。

大怪我が治ったばかりの身で江戸から海路、鎌倉へと旅をしてきたのだ。要した日にちはわずか半日だったが、それが老いた体にどれほど過酷《かこく》であったか、幹次郎は、そっと湯船に足先から入りながら、わが身の疲労に重ねて考えた。

四郎兵衛の顔が湯の中に沈み込みそうになり、はっ、として目を覚ますと、

「夢を見ていた」

と呟いた。

「どのような夢にございますな」

「なあに、口にするほどの夢ではございません、詮《せん》なき世迷言《よまいごと》です」

と応じた四郎兵衛が不意に言い出した。

「左吉さんが喬之助なる囚人の遺骸《むくろ》から回収していた紙片にございますがな、私どもに関わりが深い人物の名がひとりだけ記されてございましたな」

「庄司甚右衛門様にございますな」

「いかにもさようです。紙片を初めて見た折りも申し上げたかと思いますが、その庄司甚右衛門様は吉原の開祖というべき初代ではございますまい」

「はあ」

幹次郎は曖昧に頷いた。

「それがし、庄司甚右衛門様を吉原の功労者として知るだけで、その他のことはなにも知りませぬ。差し支えないところを話してくださいますか」

と幹次郎は願った。

四郎兵衛は手拭いで顔を拭い、話し出した。

「初代庄司甚右衛門は、江戸へ出た当初は単に甚内《じんない》と名乗っていたそうでございましてな、元吉原が出来上がったのちは、同業の者たちから、おやじと親しみを込めて呼ばれ、慕われたのでございますよ」

「おやじ、でございますか」

「神守様は、元吉原近くの堀に親仁橋《おやじばし》という名の橋があるのをご存じですか」

「日本橋川の江戸橋下流、小網町《こあみちょう》の一丁目と二丁目の間に口を開けた堀留に架かる橋でございますな。たしかひとつ目の橋が思案橋《しあんばし》、ふたつ目が親仁橋でした」

「さすがによう知っておられる。このふたつの橋はともに元吉原に縁がある名がついております。この堀留の丑《うし》の方角に元吉原は広がっておりました。ゆえに遊里に来る客は、思案橋で『行こうか戻ろうか思案橋』と迷い、ふたつ目の親仁橋の名に勇気づけられて、元吉原の大門を潜ったのでございますよ」

「親仁橋とは庄司甚右衛門様の尊称、おやじから名づけられたものでしたか」

「さようです」と答えた四郎兵衛が、

「庄司甚右衛門様が甚内と呼ばれていた時世、元誓願寺《もとせいがんじ》門前で傾城屋《けいせいや》を営んでいました。この私どもの恩人たる甚内は、元小田原北条家の士《もののふ》といい、主家《しゅけ》没落のあと、江戸に出て道三河岸《どうさんがし》で曖昧なる女郎屋を始めたのがこの商売に手をつけた始まりじゃそうな。元誓願寺前はそのあとのことでございましょう」

「北条家奉公の武家にございましたか」

首肯した四郎兵衛の話は続いた。

「家康《いえやす》公が江戸入りした前後に甚内も江戸に引き移ったことになります。生年は天正《てんしょう》三年（一五七五）、正保《しょうほう》元年（一六四四）十一月十八日、七十歳で生涯を終えたと伝えられております。官許の元吉原の開祖として総名主《そうなぬし》を申しつけられ、江戸町一丁目に西田屋《にしだや》なる妓楼を営んでおりましたそうな。吉原の開祖の甚内様は、遊女屋を恥じて、家系の来歴を詳《つまび》らかにせず、ために伝えられる話は真偽の判断がつきませぬ。

この初代の没後、甚右衛門、甚之丞《じんのじょう》、又左衛門《またざえもん》ら末裔《まつえい》が西田屋を継ぎ、享保《きょうほう》時代に庄司又左衛門勝富《かつとみ》は道恕斎《どうじょさい》と号した人物が、『洞房語園《どうぼうごえん》』なる吉原に関する書物を著《あらわ》したのを最後に、一族は消息を絶ちました。その後の庄司家の後裔《こうえい》がありやなしや、知られておりません」

四郎兵衛の顔に暗い表情が浮かんだのを幹次郎は見逃さなかった。

享保時代は二十年続いた。西暦に直せば、一七一六年から一七三六年までだ。

「ただ今から少なくとも五十五年以上前に庄司一族は、吉原との関わりから手を引き、消息を絶ったわけでございますな」

幹次郎の言葉に大きく頷いた四郎兵衛が、

「左吉さんが入手した紙片の庄司甚右衛門様にございますが、やはりおやじと呼ばれた人物ではございますまい。なぜなら初代は、明暦の大火以前の正保元年に没しておりますからな。幕府の意向と明暦の大火で元吉原は、浅草田圃の新吉原へと移転しました。その折りの町奉行の石谷貞清様らと名を連ねた庄司甚右衛門様は、おそらく二代目と思われます。明暦三年（一六五七）に浅草裏へと移転しておりますから、初代が没して十三年後のことになります」

「つまり『吉原五箇条遺文』に関わった吉原側の人物は、二代目庄司甚右衛門様と申されるのですな」

「あれこれと考えた結果、そうなります」

四郎兵衛が答えたとき、

「七代目、夕餉の仕度ができております」

と女衆の声が脱衣場から響いて、

「おや、話し込んで長湯になりました。女衆、ただ今上がりますよ」

と応じ、ふたりは湯船から上がった。

六畳間に膳がふたつ。相模の内海で獲れた魚と鎌倉界隈で栽培《さいばい》された野菜の料理の数々が並んでいた。そして、二本ほど燗徳利が仕度されていた。

四郎兵衛は、

「いささか神守様と話がございます。ゆえに給仕《きゅうじ》は結構でございますよ」

と帳場に断わっていた。

ふたりが互いの猪口《ちょこ》に酒を注ぎ合い、

「長い一日にございましたな」

「昨日のこの刻限、吉原界隈におりました。信じられないことに相州鎌倉にいてかように四郎兵衛様と酒を酌み交わしております」

ふっふっふふ

と笑った四郎兵衛が猪口の酒を口に含み、

「怪我を負わされた当初は、正直七代目四郎兵衛もこれで終わりかと思いましたよ。いえ、真のことです。ですが、こうして生きております。そのころから、あの夜のことが気にかかり始めたのです」

「あの夜とは、柘榴の家に四郎兵衛様が連れ込まれた夜のことですか」

「いえ、神守様と仙右衛門が御広敷番之頭古坂玄堪の屋敷に忍び込んだ夜のことです」

「同じ夜、新任されたばかりの南町奉行池田長恵様に呼び出された四郎兵衛様は、ひと晩も長いこと待たされた挙句に、身を退《ひ》けと脅しをかけられましたな」

四郎兵衛は、池田奉行の命を拒《こば》んだあと、隣室にいた人物と顔を合わせていた。その人物のことを訊かれた四郎兵衛は、

「私があの世まで抱えていく秘密ですよ」

と幹次郎らに話すことを拒んでいた。ために、幹次郎はそのことをここでも尋ねなかった。

あの夜から吉原の危難がかたちになって伸《の》しかかってきたのだ。

「古坂玄堪が吉原潰し、あるいは乗っ取りを企んでおるのか、あれこれと柴田相庵先生の病間で考えました。ですが、今ひとつ、謎を解く手がかりが不足しておりました。そこへあの紙片が左吉さん、神守様の手を経て、私に届けられた。あの紙片に庄司甚右衛門様の名を見たとき、遠い昔の祖父様が四歳の私に、昔話のように何度も繰り返した言葉を思い出したのでございますよ」

「四郎兵衛様の祖父御の言葉ですか」

「はい」

と即答した四郎兵衛が、

「四つの私が祖父様に手を引かれて投込寺《なげこみでら》の浄閑寺《じようかんじ》に女郎の弔いに連れていかれたことがございました。その帰り道のことです……」

「……じい様、人は死ぬとどこへ行く、死なねばならぬのか」

「おお、坊主、だれもがいつかは死んで西方阿弥陀《あみだ》の浄土《じようど》に行くのじゃ」

と答えた祖父様が、

「坊主、そなたは先々吉原会所の七代目を継ぐ身だ。よいか、吉原に大きな危難が降りかかったとき、まず鎌倉を訪ねるのだ。親父に訊けば、吉原と関わりの深い寺を教えてくれよう」

と答えた。

「鎌倉か」

「おお、いざ鎌倉のこふくさん、ぼうはちさんの墓参りと覚えておけ」

「……祖父様はその話をした直後に身罷りました。私は若いころは吉原育ちが嫌でね、親父に逆らい放蕩《ほうとう》のかぎりを尽くしましてな、親父と親密に話す機会などございませんでした。私が生意気にも、年増女の家に居候しておるときに、親父が病になったと知らせがきて、私は七、八年ぶりに吉原に戻り、無理やり会所で修業させられることになったのでございますよ。祖父様の話はそのまま長いこと忘れておりましたので。ところが、怪我をしたせいでたっぷりと考える時がございました。祖父様のことをもうひとつ思い出しました。もうひとつとは、幼い私に『おやじ様の墓は、橋場のみょうきさんそうせーんじ』とお経の文句のように繰り返した言葉です」

「そこで昨夜、橋場の妙亀山総泉寺を訪ねられたのでございますか」

「ですが、もはや庄司家の墓など残っておりませんでした。五十年以上も前に庄司家は無縁墓地になったそうです」

「残る祖父御の言葉は、『いざ鎌倉のこふくさん、ぼうはちさんの墓参り』でございますか」

「はい。吉原がいつの代からか一年に一度、盆にそれなりの金子を寄進する寺が鎌倉に一寺だけございます」

「その寺を明日訪ねるのでございますね」

「鎌倉五山の一、臨済宗建長寺派の大本山巨福山建長寺にございます」

四郎兵衛は猪口に二、三杯呑んだ酔いと昨夜の船旅で眠たげであった。

「酒をやめて飯になされますか」

「一度話し始めたのです、建長寺と吉原の関わりを最後まで話しておきまする。いえ、私はもう酒は結構、茶に致します。私の徳利の酒は神守様が呑んでくだされよ」

四郎兵衛が半分以上残った酒を幹次郎に渡した。

「祖父様が歌って私に教え込んだ『いざ鎌倉のこふくさん』のこふくさんとは、巨福呂坂の切通しに由来しております。ゆえに建長寺を指したのです。その建長寺に吉原が長年寄進してきたとしたら、曰くがなければなりません。

小田原の北条家の家臣だった庄司甚右衛門は、鎌倉との縁があったのでしょう。そのことを二代目の甚右衛門様にも伝えていたとしたら。これは私の推察です、親父が若い私に大山詣でのあと、鎌倉に立ち寄り、修行の真似ごとをしてこいと命じたのは、そのような関わりがあったからかもしれません。

ところがこちらときたら、建長寺の宿坊《しゆくぼう》に寝泊まりさせてもらいながら、座禅修行などはかたちばかり、鎌倉七口の切通しを走り回って遊んでおりましたのじゃ、なんとも度《ど》しがたい馬鹿者にございました」

四郎兵衛が苦笑いした。

「さあて、二代目の庄司甚右衛門様の代に元吉原からただ今の吉原に移転があった。その証文の『吉原五箇条遺文』は、幕府と吉原の間で取り交わされた直後に正副の『遺文』ともに明暦の大火で焼けたと推測するのがまあ常識。江戸の六割以上が燃え、十万余の人が死んだ大火事ですからな」

「過日、そう聞きました」

「ために五箇条の取り決めの他に、『百年を過ぎた後、新たなる川向こうの江戸外れに移転することもあり』との付記がなされた『遺文』が存在するとは、死んだ親父が祖父様から『見たことがある』と聞いただけにございます。そうであるのに、柘榴の家に勾引されたとき、江戸二の名主から『遺文』のことを質されたのでございますよ。そのような話があれば、必ずや私どもも承知していなければならない。つまり、付記のある『遺文』は偽書ということになる。真の『遺文』が消失したために、偽の『遺文』が作られた。ですが、この偽の『遺文』に対抗できるのは、真正な『吉原五箇条遺文』しかない。二代目の庄司甚右衛門様が慎重な総名主なれば、この証文をたびたび大火が起こる江戸から別の場所に預けるのではないか。私は、あれこれと考えて吉原が百年以上も盆に寄進し続ける建長寺こそ、『吉原五箇条遺文』の預け場所ではないか、と思いつきました。吉原の命運を左右する『遺文』の預かり料として寄進が続いておるのではないかと考えたのでございますよ」

「四郎兵衛様、五人のうちひとりだけ不詳《ふしょう》の人物がおられましたな。たしか安藤重長様でしたか」

「初代の寺社奉行安藤右京亮《うきょうのすけ》重長様ですな、上野国高崎《こうずけのくにたかさき》藩主でございました。このお方は寛永《かんえい》十二年（一六三五）より明暦三年（一六五七）九月二十九日まで寺社奉行を務めておられます。寺社と吉原の関わりは、ただ今では失われておりますが、かつては式日《しきじつ》には太夫《たゆう》など吉原選《よ》り抜きの遊女を給仕として差し出す仕来たりがございましたそうな。ただ今から考えてもなんとも大胆な仕来たりでございましてな、屋根船に白拍子《しらびょうし》の形の遊女を乗せて御城の辰ノ口《たつのくち》まで乗り込ませたそうです。これが吉原の課役《かえき》のひとつであったというのですから驚きです。安藤様は、幕府と吉原が親密だった時代の仕来たりの長《おさ》であったのでございましょう」

四郎兵衛の調べに幹次郎は、おぼろげに紙片の意味が分かった気がした。

「こたびの旅の目的がよう分かりました」

得心した幹次郎は、

「吉原と建長寺の縁が二代目の庄司甚右衛門様に始まったとして、このことに気づいた者が四郎兵衛様の他におりましょうか」

と話を進めた。

「おられます」

「古坂玄堪にございますな」

「はい」

「南町奉行池田長恵様はどうでございましょう」

「前職は京都町奉行にございましたが、さほど明敏な奉行とも思えませぬ。いささか出世欲にとり憑《つ》かれた御仁かと拝察しました」

「知らないとみてようございますか。となるとやはり吉原の命運を握る人物は、御広敷番之頭どののひとりですか」

「背後にだれぞおるか、おらぬか」

四郎兵衛が曖昧に答えていた。

幹次郎は、四郎兵衛の呑み残した酒も呑み干し、女衆を呼んで汁椀を温め直してもらって夕餉を済ませた。そして、膳を片づけたあとに床を敷き延べてもらった。

「今晩はぐっすりと眠れそうです」

四郎兵衛が床に入った。

だが、幹次郎は、四郎兵衛の話に眠気が飛んでしまった。

一応寝床に身を横たえたが、頭は冴《さ》え冴《ざ》えとしていた。

御広敷番之頭ともなれば、幕府の密偵を自在に使いこなすであろう。となれば、会所に戻った四郎兵衛が偽者《にせもの》で、真の四郎兵衛は神守幹次郎を供に、

「どこぞを訪ねている」

ことを探り出そう。

『吉原五箇条遺文』が明暦年間に取り交わされた文書として、吉原がその『遺文』をどこへ預けたか、その預け先に四郎兵衛と幹次郎が出向いていることをどのような手を使っても突き止めるだろう。

その猶予の日数は、何日とみればよいか。

朝比奈屋の女将と四郎兵衛が交わした問答から、建長寺の住職が京に旅していることが推察できた。

となると、古坂玄堪が四郎兵衛らの行方《ゆくえ》を突き止めるのが先か、こちらが建長

寺に預けられたと推量される『吉原五箇条遺文』の存在の有無を確かめ、あるならばそれを入手するのが先か、時を巡っての争いになると思った。

四郎兵衛の寝息に誘われるように幹次郎も眠りに落ちていった。


麴町《こうじまち》の裏手の御広敷番之頭古坂玄堪の奥座敷は庭に面していた。そしてその庭の泉水《せんすい》の向こうには鬱蒼とした森が黒々と広がっていた。過日、幹次郎と仙右衛門が一夜を過ごした森だった。

灯りもない庭に九人の黒衣《こくい》の者がいた。

「お頭、吉原会所の四郎兵衛の病にございますが、たしかに五十間道の医師が引手茶屋の奥に通っております。じゃが、どう見ても瀕死《ひんし》の病人に接した医師の表情とは思えませぬ。大門を出てくる医師の面《おもて》に笑みが浮かんでおることもございます。ただかたちばかり患家《かんか》を訪ねて治療代を頂戴するのが嬉しくてしようがない様子です。なによりそれほど重篤なれば、なぜ柴田相庵が治療を続けぬのか、分かりませせぬ」

「引手茶屋にいるのは、偽の四郎兵衛というか」

「はい。四郎兵衛が吉原に戻った昨日の夜、柴田相庵の診療所からふたりの男が出てきたという話もございます。総泉寺に立ち寄ったあと、橋場の船着場から猪牙に乗ったそうな」

「そちらが本物の四郎兵衛というか」

「竹杖をついておったのが四郎兵衛で、もうひとりは神守幹次郎ではないかと推察されます。会所の男か、神守の女房を捕まえて口を開かせますか」

「無用じゃ」

「と申されますと。やはりあの猪牙のふたりは本物で、千住宿辺りから旅に出たのでございましょうか」

「北ではない。ふたりが訪ねた先はな」

「お頭、ふたりの訪ねた先がお分かりでございますか」

「分かっておる」

古坂玄堪は、南北両町奉行所の隠密廻り同心が代々書き残した書付のひとつに、

「吉原と鎌倉建長寺」

とに深い縁があることを感じ取り、そこが四郎兵衛の行き先と見て、一年前よりひとりの手の者を入れて調べさせていた。その結果、建長寺が吉原と切っても切れない縁があることを確信していた。そして、三月《みつき》ほど前、古坂玄堪自らが建

長寺を訪ねて、

「庄司甚右衛門」

と名乗り、建長寺の道慶老師の感触を得ていた。

だが、四郎兵衛が相州鎌倉に向かったとしても怪我が治ったばかりの年寄りだ。駕籠や馬を乗り継いだとしても、鎌倉に到着するのは早くて明後日の夕刻と考えていた。

「組頭友永窮介《ともながきゅうすけ》、これより相州鎌倉に配下を伴い、走れ。明後日までに到着致さば、四郎兵衛と用心棒侍の鎌倉入りとほぼ同時とみた」

「はっ」

と畏まった窮介を縁側まで呼び寄せると、命《めい》を低声で囁いた。

「よいな、あやつらの命以上に大切なのは、『吉原五箇条遺文』の存在じゃ。建長寺に預けた『遺文』があるならば、その真の持ち主に戻さねばなるまい」

「われらは、『遺文』を奪い取ればよいのでございますな」

「いかにもさよう」

「ふたりがわれらの前に立ち塞がるようなれば、始末してようございましょうな」

「許す」

はっ、と畏まった御広敷番之組頭友永窮介と八人の配下が鬱蒼とした敷地の森に入り、姿を消した。

しばらく間があって、玄堪が手を叩いた。

すると痩身の剣客が姿を見せた。

天真一刀流《てんしんいっとうりゅう》の達人伊賀平撫心斎《いがだいらぶしんさい》だ。

「伊賀平、あの者たちだけでは心もとない。神守幹次郎は斃《たお》せまい。そなたら四人、吉原のふたりを必ず仕留め、『吉原五箇条遺文』を強奪《ごうだつ》するかそれが難しいとなれば消失させる手立てを取れ」

「承知仕《つかまつ》りました」

静かに立ち上がった伊賀平が古坂玄堪の前から飄然《ひょうぜん》と去った。

四

朝靄をついて修行僧が托鉢《たくはつ》に巨福呂坂切通しを上ってくる。一行から、

「ほーっ、ほーっ」

と声が漏れて托鉢を告げていく。

四郎兵衛と幹次郎は道の端に避《よ》けて、合掌して雲水《うんすい》たちを見送った。

刻限は六つ半（午前七時）の時分だ。

初冬とはいえ古都は薄着の僧たちには寒かろう。白い息が声とともに流れた。

その朝、早寝して熟睡したので明け六つ前にはふたりとも目覚めていた。

建長寺の修行道場では、七つに振鈴《しんれい》の音とともに起床して雲水が朝課《ちょうか》を勤めるという。自給自足の一日がそうして始まることを四郎兵衛が幹次郎に教えた。

「夏の間は八つ半（午前三時）起床でございましてな、ただ今の季節は半刻遅い」

「床に就かれるのは何刻のことです」

「灯りが消されるのが五つ半、それから夜坐《やざ》と呼ばれる屋外での座禅をなされます。ために就寝は夜半九つ半ですよ」

「わずか一刻半（三時間）の就寝ですか、厳しゅうございますな」

「朝はまず読経《どきょう》をなし、朝餉の粥坐《しゅくざ》、境内を浄める日天《にってん》掃除と続き、鎌倉の町の路地から路地へと回っていく托鉢を行います」

と寝床の中で四郎兵衛に聞かされた幹次郎は、

「それがし、雲水方の修行を見とうございました」

と漏らすと、

「ならば、いささか早うございますが、散策代わりに建長寺を訪ねてみましょうか。雲水の托鉢に出会えるのも鎌倉ならではの光景でございますからな」

と四郎兵衛が答えたものだ。

そんなわけでふたりは朝比奈屋で早々に朝餉を終え、出てきたところだ。

「それがし、若狭国で托鉢に町を回る永平寺《えいへいじ》の雲水方を拝見したことがございますが、禅寺の修行は剣術家のそれよりも厳しそうにございました」

「ほう、神守様は、永平寺でも托鉢と行き会いましたか」

「こちらは追っ手を逃れての姉様とふたり旅の最中、姉様がいなければそれがし、髪を下ろして永平寺の修行僧に加えてもらったかもしれません」

「それでは、吉原が大困りでございましたぞ」

巨福呂坂切通しに差しかかった。

路傍《ろぼう》には旅人の安全を祈ってか、道祖神《どうそじん》や庚申塚《こうしんづか》や六地蔵がひっそりとあった。

さすがに切通しというだけに、両側を崖に狭《せば》められて道は険しかった。

「中道や下道に通じる切通しが巨福呂坂切通しにございますよ」

ふたりは建長寺を望める巨福呂坂に辿りついた。切通しの頂きから下り始めると、鬱蒼とした森の中に建長寺の塔頭《たっちゅう》が見えてきた。

その切通しで雲水の一行と行き合ったのだ。

托鉢の一行を見送りながら幹次郎は、臨済宗建長寺の大本山は、鶴岡八幡宮のある大臣山と背中合わせにあるようだと地形を察した。

寺名は、創建された年号に由来すると四郎兵衛が幹次郎に教えてくれた。

まず重層八脚の壮大な三門がふたりを迎えた。安永《あんえい》四年（一七七五）に万拙碩《ばんせつせき》誼《ぎ》和尚《おしょう》が再建したものをふたりは見ていた。

幹次郎は谷間《たにあい》に仏殿、法堂《はっとう》、方丈《ほうじょう》などが奥に向かって続いている光景に見惚れていた。

「神守様、建長寺の創建以前は、この境内の谷間は、地獄谷《じごくがやつ》と呼ばれる罪人の処刑場にございましてな、死者を弔う地であったのでございますよ。その霊を弔うていた伽羅陀山心平寺《きゃらださんしんぺいじ》がございましたそうな。それが廃寺《はいじ》になり地蔵堂だけが残りました。その跡に建長寺が創建されることになったために、禅刹《ぜんさつ》としては珍しく地蔵菩薩を本尊としているのでございます」

四郎兵衛が総門である巨福門《こふくもん》を見上げて幹次郎に説明してくれた。

「なんでもご存じだ」

「昨夜も申しましたな。放蕩を繰り返す私の行状を見かねた親父に、大山詣での帰りに建長寺でしばし座禅修行してこいと命じられた折りの耳学問でございます」

と苦笑いした四郎兵衛が、

「この建長寺が創建される少し前、北条時頼《ときより》が五代執権《しっけん》の座に就いたころの話にございますよ。斉田《さいた》某《なにがし》という男が無実の罪で地獄谷の刑場に引き立てられたそうな。斬首《ざんしゅ》しようと役人が何度も太刀を振り下ろしますが、そのたびに刀が折れてしまいます。そこで訝しく思うた役人が斉田の髻《もとどり》を解いてみますと、その髻の中から小さな地蔵像が現われたそうな。深い信心を持つ者が罪を犯すはずもないと、そこで処刑は中止されたそうです。ために建長寺には、このときの地蔵像が、『斉田地蔵』として残されているのでございますよ」

四郎兵衛はなにも知らぬ幹次郎に建長寺のことをあれこれと丁寧に説明してくれた。

「北条家が建長寺に縁を持ったのは、創建された折り、五代執権北条時頼様の治世下にあったということもございましょう。渡来僧《とらいそう》の蘭渓道隆《らんけいどうりゅう》様の考えと東国武士の心意気にどこか共鳴し合うところがあったからかもしれません。小田原北条家の家臣だった庄司甚右衛門様と一族がこの鎌倉五山のひとつ、建長寺を頼りにしたというのも謂れなきことではございますまい」

「なんと、元吉原を始めた庄司甚右衛門様とこちらの建長寺には、それほどに深い結びつきがございましたか」

四郎兵衛が、吉原の命運を左右する『吉原五箇条遺文』を二代目庄司甚右衛門が預けた場所はこの建長寺ではないか、そのとき以来の関わりがあるゆえに、吉原は今も盆に、

「供養料《くよう》」

を寄進しているのではないかと推測したのは、北条時頼公に遡る縁があってのことだったのかと、幹次郎は思った。

「ああ、講釈をいつまでもしておると、雲水方が戻ってこられましょう。まずは庫裏《くり》に参りましょうか」

と三門を潜って奥へとふたりは進み始めた。すると境内仏殿の前庭の巨大な古《こ》木《ぼく》がふたりを迎えた。

「栢槙《びゃくしん》の古木にございましてな、この栢槙は、開山《かいさん》蘭渓道隆様が宋《そう》から持ってこられた種をまいたものとされておりますよ。もはや五百年以上もの歳月を建長寺で過ごしておりますのじゃ」

四郎兵衛が説明したとき、

「おや、珍しい江戸のお方が見えられたものじゃ」

と声がして、ひとりの僧侶が振り返るふたりを見た。

歳は四郎兵衛と変わらないが、眉毛は白く染まっていた。色の褪《さ》めた作務衣《さむえ》の形で手に箒《ほうき》を持っていた。

「おや、嘉藍導師《どうし》、ご息災《そくさい》の様子、なによりです」

「生涯一雲水を心がけておりますでな。心身ともに壮健《そうけん》ですぞ」

と答えた嘉藍導師は、四郎兵衛が竹杖をついた様子や顔に残った傷痕《きずあと》を見て、

「どうなされましたな」

と尋ねたものだ。

「私のこの傷もいささか建長寺さんに突然参ったことと関わりがございます。導師のお知恵を借りたくて参上したのでございますよ。いえ、朝比奈屋のお怜さんより、道慶導師が京に参られて留守と聞いております」

「さようでしたか」

と応じた嘉藍導師が幹次郎を見て、

「四郎兵衛様、お連れの方と方丈に参られませぬか、一服茶を差し上げますでな。私が代わりになるなれば、話はそれからお聞き致しましょうか」

とふたりを誘った。

若い修行僧に箒を預けた嘉藍導師は、とてもその歳とは思えぬ速足で法堂を回り込んで白砂を敷いた平庭の一角へと案内した。

そこは信徒の法会《ほうえ》などを行う場所で、庭を愛《め》でながら茶を一服するようになっていたが、茶室の趣は薄かった。

「かような形ゆえ、作法は忘れてくだされよ」

ふたりを庭の縁台に座らせ、茶を点《た》てる仕度を始めた。

「四郎兵衛様、風の噂に吉原に武家の夫婦が加わり、会所の大きな力になっておると聞きましたが、このお方がその噂の御仁ですかな」

「導師、いかにも噂の人物神守幹次郎様にございます」

四郎兵衛が紹介した。

「神守幹次郎にございます」

「出は西国かな」

幹次郎の短い言葉に西国訛《なま》りを見つけたか、嘉藍導師が指摘した。

「いかにもさようにございます。豊後国のさる藩の下士にございました」

頷いた嘉藍に四郎兵衛がこのところ吉原に降りかかる危難を、差し支えないところで語った。

嘉藍は、話を聞きながらまず四郎兵衛に一服供し、しばらく間を置いた。

「吉原の危難に建長寺の知恵をな」

と訝しい表情を見せた。

幹次郎にも茶が供された。

「無作法にございます」

と断わった幹次郎は、ゆっくりとした所作で茶を喫した。

「朝の一碗、馳走にございました」

という幹次郎の礼に会釈を返した嘉藍導師に、四郎兵衛が念を押した。

「建長寺は北条家と縁がございましたな」

「五代執権の折り、建長寺が建立されましたので、北条家とも関わりがございました。それがなにか」

「嘉藍導師、吉原を官許の遊里になした庄司甚右衛門一族と建長寺はなんぞ関わりがございましょうか」

とさらに核心に入る質問を投げた。

「四郎兵衛様、愚僧が知るかぎり庄司家の墓所などうちにはございませんぞ。ただし無縁になった墓石は数多《あまた》ございますでな、なんとも言えませぬ」

嘉藍導師の返答は曖昧だった。

四郎兵衛が肩を落としたのを見た嘉藍が言い足した。

「されど、私が知らぬことを道慶和尚が承知やもしれませぬ」

「和尚様はいつ鎌倉にお帰りでございますか」

四郎兵衛は建長寺の道慶老師が最後の望みとの思いを込めて老師に問うた。

「数日前のことです。東海道原宿《はらしゆく》より老師一行から書状が届きましてな、明日にも迎えの者を藤沢宿へ出立させるつもりでおりました」

「ということは数日内には和尚様とお目にかかれますか」

「それはもう」

「ならば、嘉藍導師、なんとしても和尚様にお目にかかってから江戸に戻りとうございます。お戻りになられましたら、お知らせを願います。朝比奈屋に厄介《やつかい》になっておりますので」

四郎兵衛が言葉を残して縁台から立ち上がった。

四郎兵衛と幹次郎は、建長寺を出ると鎌倉街道を前に立ち止まった。

「さあて、今日明日と二日ほど暇ができました。神守様、これもときに吉原の俗《ぞく》世《せ》を離れて気持ちを浄めよ、ということでございましょう。この四郎兵衛がどこぞに神守様を案内しましょうかな」

「恐縮にございます。されど鎌倉のことはあまり知りません。できますことなれば、若き日の四郎兵衛様が七口を走り切ったと言われる切通しを見物しとうございます」

「鎌倉七口見物ですか。それも一案ですな」

ふたりは巨福呂坂切通しとは反対へ鎌倉街道を下っていった。緩やかな山道を下ると、四郎兵衛は、

「神守様、亀谷坂切通しに向かう前に立ち寄っておきたい寺がございます。ようございますか」

「最前も申しました。それがし、なにひとつ鎌倉について知識の持ち合わせがご

ざいません。すべて四郎兵衛様にお任せ申します」

その言葉を受けて四郎兵衛が幹次郎を伴ったのは、八代執権北条時宗《ときむね》が眠る円《えん》覚寺《がくじ》であった。

山門《さんもん》前で四郎兵衛が、

「文永《ぶんえい》五年（一二六八）と申しますから、今から五百二十年余前、蒙古《もうこ》帝国、のちに元《げん》を興《おこ》したフビライ皇帝は、南宋と高麗《こうらい》を制圧しましたな。このフビライの国使が西国に上陸して、朝貢《ちょうこう》を求める国書を、太宰府《だざいふ》を経てこの鎌倉に届けられましたのじゃ。その折り、鎌倉幕府の執権は十八歳の北条時宗様にございましたがな、朝貢を強請する国書を拒み続けました。そして、時宗様は諸国の御家人に戦いの仕度を命じたのでございますよ。その結果、文永十一年（一二七四）に元の軍勢は、対馬《つしま》と壱岐《いき》を攻略して筑前博多《ちくぜんはかた》に上陸しようと致しましてな、その夜半のことです。一帯を強い雨風が吹き荒れました。さすがの元の軍勢も大陸に引き返し、その途中、この雨風に打たれて全滅を余儀《よぎ》なくされました」

と幹次郎が予想もしないことを話し出した。

「さらに七年後の弘安《こうあん》四年（一二八一）、元は一回目を大きく上回る十四万の兵と四千隻の船団を率いてふたたび来襲しました。その折り、時宗様は博多の内海に五里（約二十キロ）にわたって石築地《いしついじ》の防備を整え、腹心の部下の安達盛宗《あだちもりむね》を九州に派遣して、元軍の襲撃に備えさせました。この折りにも、大きな野分《のわき》が吹き荒れて元軍を海中に沈めたのでございますよ。西国豊後の育ちの神守様には、当たり前の話にございましょうがな、この二度の戦いの死者を弔うために時宗様が建立したのが、鎌倉五山の二位の円覚寺にございます」

幹次郎はこの話を豊後岡城下の長屋で聞かされて育った。だが、その折りの都がこの鎌倉であったことと結びついていなかった。ために新たな気持ちで四郎兵衛の話に聞き入った。

「二度にわたる元軍の襲来の危機に瀕したこの国は、時宗様の大胆周到《しゅうとう》な策と神風と呼ばれる雨風や野分の襲来に救われました。最前、神守様が鎌倉七口を見たいと申されたとき、ふと円覚寺に詣でるべきじゃと思うたのです」

「吉原にも神風が吹くと、ようございますな」

「はい、そんな気持ちです」

円覚寺の山門は時節が少しばかり過ぎた紅葉に彩られて風情があった。

四郎兵衛の案内で、唐様《からよう》の舎利殿《しゃりでん》にお参りし、さらに北条時宗様の墓所に参って、亀谷坂切通しへと鎌倉街道を戻っていこうとしていた。

そのとき、幹次郎は背中に突き刺すような視線を感じた。

(いくらなんでも早い)

と当面の敵の襲来ではあるまいと考えた。とすると、今まで幹次郎が戦ってきた相手の残党か。それとも四郎兵衛に恨みを持つ輩《やから》が偶然にもこの鎌倉街道で四郎兵衛を見かけて放った視線か。

「ここでな、街道をしばし離れて山道に入ります」

「亀谷坂切通しにございますな」

「いかにもさようです」

鎌倉街道の巨福呂坂の切通しよりも亀谷坂切通しのほうがさらに鄙びていた。

「坂東武者を率いて武蔵国から鎌倉入りした源頼朝が通った切通しがこの亀谷坂にございますよ」

四郎兵衛の説明に、幹次郎の脳裏に騎馬武者たちが切通しを越えていった風景が映じた。するとその切通しにひとりの武士とも下人《げにん》ともつかぬ男が立った。裁着袴《たつつけばかま》に筒袖の袷《あわせ》、頭には破《や》れ笠《がさ》を被った男がふたりのいるほうへと下ってきた。刀を一本差しにした武者草鞋の男は、旅慣れていることをその動きが示していた。革の眼帯《がんたい》で左眼を隠していた。戦いに失ったものか。

狭い切通しですれ違う前に幹次郎は四郎兵衛を背に庇《かば》うように前に出た。

「そなたであったか」

と幹次郎の左側をすり抜けようとした相手に声をかけた。足が止まり、それまで殺意を消していた相手の様子が変わった。

「なんのことか」

「円覚寺の門前でわれらを見ておられた」

沈黙した相手に迷いがあった。

「御広敷番之頭古坂玄堪どのの関わりの者か」

さらに幹次郎が畳みかけるように質すと、その場に殺気が漲《みなぎ》った。

「おのれ、吉原の用心棒風情が」

と吐き捨てた一瞬、右手が左腰の刀の柄《つか》に掛かって抜き上げた。

だが、幹次郎の手の動きがさらに迅速《じんそく》であった。柄に掛かった手が一気に鞘走《さやばし》り、相手の腰を斬り割っていた。

「うっ」

と呻《うめ》いた相手が亀谷坂切通しの藪《やぶ》の中に転がり落ちていった。

左目の見えないことを幹次郎は読んでいた。それが勝ちに繋がった。

「眼志流横霞《がんしりゅうよこがすみ》み」

その言葉を四郎兵衛は茫然自失して聞いた。

「すでに鎌倉に古坂玄堪の手が回っていたようでございますな」

「あの者に仲間がおりましょうか」

「さあて」

「最前の感じでは物見役《ものみやく》かと存じます。されど、用心に越したことはございませんな」

「朝比奈屋に戻ったほうがようございますかな」

「いえ、諸々を考えますと、四郎兵衛様は朝比奈屋より建長寺に世話になったほうがより安全かと存じます」

「神守様はどうなさる」

「それがしのことも、嘉藍導師に願いとうございます」

と幹次郎が答えた。

「ならば、建長寺へ引き返しますか」

「これで『吉原五箇条遺文』がこの地にあること、間違いないと思えて参りました。古坂は建長寺と吉原の関わりをすでに知っておるのでしょう。最前の御仁がそれを教えてくれました。われらの鎌倉入りは読まれておりましたな」

幹次郎の言葉に四郎兵衛が頷き、亀谷坂切通しから建長寺へと引き返し始めた。

第四章　道慶老師

一

翌朝六つ過ぎ、建長寺を饅頭笠《まんじゆうがさ》、藍染《あいぞ》めの衣、素足に草鞋履《ば》きの雲水七人が胸に頭陀袋《ずだぶくろ》をかけて托鉢に出た。

七人目の修行僧は、前を行く六人より歳を重ねていたが藍染めの衣は真新しく、珍しく金剛杖《こんごうじよう》を手にしていた。藍染めの衣は修行の年季を経たほどに薄れていく。新しい衣は新入りの修行僧を意味した。

鎌倉街道に出た一行は、長寿寺《ちようじゆじ》の手前で亀谷坂切通しに向かった。

昨日、神守幹次郎が御広敷番之頭古坂玄堪の配下と思える男を屠《ほふ》った場所だ。

ちらり

と七人目の雲水が戦いの痕跡を探した。だが、なんの痕跡も残っていそうになかった。それは雲水に扮した神守幹次郎だった。

昨日、亀谷坂切通しでの出来事のあと、四郎兵衛と幹次郎は建長寺に引き返し、ふたたび嘉藍導師に面会を求めた。

嘉藍は、幹次郎の体から漂う血の臭《にお》いを嗅ぎ取った。

「なんぞ異変がござったか」

四郎兵衛が亀谷坂切通しで起こった異変を告げた。

「四郎兵衛様方が建長寺に参ることを推察していた人物がいたと言われるか」

「はい。ために、その人物は建長寺の出入りを見張らせていたと思えます」

「なんとのう」

「導師、こうなると道慶老師の身にもなんぞ起こっても不思議はないと、神守様は案じておられましてな」

「老師が命を狙われると言われるか、四郎兵衛様」

「私どもが鎌倉に参ったのは、『吉原五箇条遺文』が庄司甚右衛門様と関わりがある建長寺に代々伝えられてきたのではないかと考えたからです。それが正しいかただひとり知る人物は、板倉道慶老師しかございますまい。となればこの私に刃が向けられたように、百三十年余の秘事を伝え知らされてきた道慶老師になにごとが起こっても不思議はないと神守様は言われるのです」

「どうせよ、と申されますので」

「明日、出迎えに藤沢宿まで出られると聞きました。その一行に神守幹次郎様を加えてもらえませぬか」

四郎兵衛が願い、嘉藍がしばし沈思したあと、許しを与えた。


一行は、岩船《いわふね》地蔵堂を横目に化粧坂の切通しに差しかかった。

信濃国に至る鎌倉街道上道は、この化粧坂切通しを経て東海道の藤沢宿へ向かう。

これで幹次郎は鎌倉七口の三つを知ったことになる。

まだ薄暗い化粧坂切通しを抜けると空が幾分白《しら》んできた。すると山並みの間から相模灘《なだ》が見えた。さらには海と山の向こうに富士山までもが聳《そび》えて望めた。

七人の雲水たちは黙々と歩みを続けた。

京に御用旅で出かけていた建長寺の管長《かんちよう》板倉道慶老師が、ふた月ぶりに戻ってくるのだ。雲水たちは古希《こき》を過ぎた道慶老師の長旅を支えるために藤沢宿まで迎えに出ようとしていた。

鎌倉と藤沢の間は、二里（約七・九キロ）ほどだ。雲水たちの足ならば一刻足らずの距離だった。

途中で、大仏坂切通しを通って藤沢に向かう道と交わった。その合流点をひたすら無言で通り過ぎた。

東海道を京方面から鎌倉に向かう道は、遊行寺《ゆぎようじ》のある道場坂の南で東海道から分岐していた。さらに江の島道も直ぐ傍らから分かれていた。『袖鑑《そでかがみ》』は、

「宿の内にかまくらへ道有。是《これ》より二里。江の島へ一里九丁（約四・九キロ）」

と伝え、分岐路の道端にそのことを標《しる》す石の道標が立てられてあった。

幹次郎らは、その鎌倉への三俣《みつまた》の道標の前に立つと、南に流れる境川《さかいがわ》の橋の方向に向かって読経を始めた。

「おや、建長寺さんの雲水方じゃ、藤沢にまで托鉢に参られたか」

「おお、そうか、道慶老師が京から戻ってこられる日か。お迎えやな」

「茶など進ぜたいが、雲水さんは飲まれまい」

「修行の妨《さまた》げをしてはならぬぞ」

鎌倉の僧が藤沢宿に托鉢に来ることはまずない。そのことに気づいた里人《さとびと》が言

い合った。

七人の読経はいつまでも続いた。

この分かれ道に辿り着いたのが、五つ前であった。

だが、境川に架かる十六間（約二十九メートル）の橋に京から戻ってくる板倉道慶老師一行の姿は見えなかった。

箱根《はこね》の関所を越えた西からの旅人は、まず小田原城下で足を休めた。

この小田原から大磯《おおいそ》へ四里（約十五・七キロ）、大磯から平塚《ひらつか》へ二十七丁（約二・九キロ）、平塚から藤沢へは三里半（約十三・七キロ）、すなわち小田原から藤沢まではおよそ八里九丁（約三十二キロ）あった。

一日分の行程としては、古希を過ぎた道慶老師の旅には十分過ぎた。そして、分岐道から鎌倉までは二里の山越えが待っている。

そこで建長寺から京に御用をなした者の帰路は、平塚泊まりと決まっていた。

朝七つ発ちすれば、遅くとも五つから五つ半にはこの鎌倉への分岐点に差しかかる。その計算で雲水七人の出迎えは、明け六つに建長寺を発ってきた。

だが、四つを過ぎても道慶老師一行の姿は見えなかった。さらに昼九つが過ぎた。道標の前に立つ雲水らに動揺はない。ひたすらに読経三昧《ざんまい》で小揺るぎもしない。

「おい、もう二刻（四時間）以上、経を唱《とな》えながら身動きひとつしなさらないぞ。さすが建長寺の修行僧じゃ」

東海道を往来する人が土地の人の説明を聞いて感心し、西に向かって経を読む七人の雲水の頭陀袋になにがしかの銭を寄進した。すると雲水たちは合掌して礼を表したが、経が途切れることはない。

西側の端に立つ雲水に銭を寄進した旅人が、

「おや、この坊《ぼん》さん、成り立てやろか。まだ剃髪《ていはつ》しとらんわ」

「歳を食ってはるように見えるけど、衣は色落ちしてへんし、なんぞあって建長寺に逃げ込んだのと違うか」

などと言い合った。

この上方《かみがた》訛りを聞き咎《とが》めた者がいた。

御広敷番之組頭友永窮介の配下、いたちの豆造《まめぞう》だ。組頭の配下八人の内、豆造は、形は小さく身丈は四尺六寸（約百三十九センチ）余しかない。だが、耳敏《みみざと》く遠目が利いて、侍以外ならば、職人であれ、お店の奉公人であれ、化けることができた。

建長寺は、組頭から道中訪ねていく先と聞いていた。その雲水が東海道に出張って読経を二刻以上も続けているという。

「土地の人よ、雲水が鎌倉から東海道まで托鉢に来られるだかね」

在所訛《ざいしょなま》りでいたちの豆造が尋ねた。

「托鉢やったら路地から路地へと巡っていかれようが。あの雲水七人は、建長寺の老師様が京から戻ってきはるのを出迎えに来てはるのや」

「建長寺の老師は京に行っていただか」

「ああ、ふた月も前に出立していかれたのよ。それで本日鎌倉に戻ってこられるってわけだ」

「ははあ、そうか。出迎えじゃあ、身動きひとつできねえか。ひとりは髷があるちゅうただな」

いたちの豆造は、見習いの雲水の足元に金剛杖が置かれているのを見た。

「ああ、衣を見ても分かるぞ。成り立ての坊さんやな」

「昨日も場立ちしてござったか」

「場立ちではないわ。あれも修行のひとつよ。今朝鎌倉を発ってこられたのだよ。旅人さん、鎌倉に訪ねんでも建長寺の雲水さんの経が聞けて幸せじゃな」

「わしは坊主の経より飯盛女《めしもり》のよがり声が性《しょう》に合っとるだ」

「罰当たりが、向こうへ行け」

と里人に豆造は追い立てられた。

(あやつ、吉原会所の裏同心ではあるまいか)

それにしても江戸からわれらを出し抜いてどのような手で鎌倉に到着したか。あやつが藤沢宿で建長寺の老師を出迎えているということは、吉原会所の四郎兵衛も鎌倉かこの近くにいるということではないか。

組頭の友永窮介一行は、六郷川《ろくごうがわ》ノ渡しで思わぬ時を要し、最前藤沢宿に着いたところだった。鎌倉に入る前に組頭に、提灯用の油を仕入れてこいと命じられた豆造は、藤沢宿の油屋に向かうところだった。

油どころではないわ、目指す相手のひとりが藤沢宿にいるのだ。

(ご注進)

とばかりに組頭一行が昼餉を食する飯屋に走り戻った。

「どうした、いたち。油は手に入れたか」

といたちと仲のよい呑込みの権兵衛《ごんべえ》が豆造の手ぶらを見て質した。権兵衛は、歳の割には早呑込みの癖があった。また呑込みもいたちも御広敷番衆にしては働き盛りを過ぎていた。

いたちの豆造は、呑込みの問いには答えず、

「組頭、油どころじゃございませんよ」

と東海道を離れ鎌倉へ向かう分かれ道で見た建長寺の雲水のことを告げた。

「なにっ、建長寺の雲水が京帰りの老師を出迎えに来ておるというか」

「その中のひとりは、吉原会所の裏同心に違いございませんよ。他の六人はなかなかの声で経を和しておりますがな、この者だけが口をぱくぱくしているだけで、剃髪もしてませんのでな。なにより刀を左腰に差し続けたせいで、わずかに左腰が下がっておりますのでございますよ。あやつ、雲水じゃございませんや、偽坊主ですよ」

「ようやった、いたち」

と褒めた友永窮介がしばし考え、

「いたちと呑込み、ふたりして雲水を見張れ。老師一行と合流した折りは、いたちがわれらに知らせに来よ。呑込み、おまえは老師一行を尾けよ」

友永窮介は、六郷ノ渡しで手間取ったことが却って運を呼んだと考え、主力の六人の手下を少しでも休ませる策を選んだ。

「組頭、藤沢から鎌倉までの道中で襲うかね」

「いくらなんでも真っ昼間に襲うことはできまい。その時次第だ」

と答えた友永窮介は、

（ツキのある時は逃がしてはなるまい）

と考え、

「行け、見逃すでないぞ」

といたちの豆造と呑込みの権兵衛に命じた。

東海道と鎌倉への道の分岐では、未だ読経の声が続いていた。さすがに声がかすれていたが、姿勢は微動だにしなかった。

八つ（午後二時）の刻限が過ぎ、さらに一刻が過ぎて旅人が宿を決めるという七つ（午後四時）が近づいてきた。

そのとき、声に力が蘇ってきた。

境川に架かる橋の上に板倉道慶老師の矍鑠《かくしやく》とした姿が見えた。そのあとに駕籠とふたりの僧侶が従っていた。

道慶一行も読経の声に和し始めた。

しっかりとした歩みで鎌倉への分かれ道に辿り着いた一行と、出迎えの雲水の読経の声がひとつになって藤沢宿に流れると、やんだ。

雲水たちの読経は四刻（八時間）以上も続いたことになる。

「出迎え、ご苦労です」

道慶老師が雲水らを労《ねぎら》い、

「昨日、箱根の下り道で連れのひとりが足を挫《くじ》きました。ためにかような刻限になり、そなたらに苦労をかけました」

「それは災難でございました。老師、今晩は藤沢宿に泊まられますか」

「あと二里ほど、通い慣れた道です。鎌倉への帰心《きしん》も募《つの》りました。このまま進みましょう」

古希を超えた道慶が言い切った。そして、出迎えの雲水の中に見知らぬ顔があるのを見て、

「そなたはどなたかな」

「江戸の吉原会所の者にございます」

と出迎えの雲水のひとりが答えた。

「ほう、吉原会所な。剃髪して禅修行する顔ではございませんな。四郎兵衛様の

供で来られたか」

「いかにもさようです」

と幹次郎は答えた。

「名はなんと申されるな」

「神守幹次郎にございます」

幹次郎の名乗りに頷いた道慶老師が、

「最後の二里ですぞ。気を張って参りますぞ」

と鎌倉へと歩き出した。

ふたりの問答を聞き取ったいたちの豆造が飯屋に走り戻り、呑込みの権兵衛が一行から一丁（約百九メートル）ほど離れて従っていった。

道慶一行を出迎えの七人が先導し、そのあとに道慶老師、駕籠、そして老師の連れのふたりの僧侶が続く長い縦列になった。

藤沢宿を離れて四、五丁進んだとき、出迎えのしんがりにいた幹次郎が道慶老師に呼ばれて肩を並べて歩くことになった。

「四郎兵衛様直々の鎌倉行は、参詣などではなさそうな。なんぞ事情があれば話しておきなされ」

道慶が幹次郎に命じた。

昨夜、四郎兵衛から幹次郎は、「道慶様に鎌倉訪問の仔細《しさい》を尋ねられた折りは、すべて経緯を話すように」と許しを与えられていた。

この数月、吉原を狙う企てが繰り返され、それはどうやら明暦の大火のあと、浅草に移転させられた新吉原と幕府の間に交わされた『吉原五箇条遺文』の存在の有無に関わっているらしいことを幹次郎は、道慶老師に告げた。

長い話が終わったとき、鎌倉への道の半ばに達し、葛原岡《くずはらおか》神社の門前を通り過ぎ、化粧坂切通しを前にしていた。

山の端《は》にかかっていた初冬の日が、
すとん
と音もなく落ちた。

最後の行程は暗がりの旅になる。

「吉原から、今になって訪れる者がいるとはな」

道慶が幹次郎にだけ分かる低声で漏らしたとき、幹次郎は、

「御免くだされ」

と金剛杖を手に路傍の藪に気配も見せずに飛び込んだ。

ひたひたと駕籠と道慶と同行者ふたりが幹次郎の前を通り過ぎ、しばし間があった。

もはやこの刻限、化粧坂切通しを越えようとする鎌倉街道に道慶一行の他に人影はなかった。

そんな鎌倉街道に足音を消した追跡の者が姿を現わした。

その前に幹次郎が、藪からそよりと姿を見せた。

「何奴か」

「とくと承知であろう」

「吉原の用心棒か」

と問い返した呑込みの権兵衛が横っ飛びに間合を開けて逃げようとした。

だが、幹次郎の金剛杖が、飛び下がろうとしたその足元を叩いて鎌倉街道に転がしたのが早かった。さらに金剛杖の先で立ち上がろうとする呑込みの権兵衛の鳩尾《みぞおち》を突いて気を失わせた。

一瞬の早業だ。

幹次郎は、権兵衛の懐を探り、麻縄と小刀を見つけ、まず髷を切り落としてざんばら髪にした。その上で後ろ手に麻縄で縛り上げると、道端に生えた山桜の幹に括《くく》りつけた。

「これでよし」

と独り言《ご》ちた幹次郎は、その場から道慶老師のあとを追っていった。

しばらくあとに御広敷番之組頭友永窮介ら一党八人が鎌倉街道を通りかかり、残照にわずかに浮かぶ呑込みの権兵衛の姿を認めた。

「呑込みめ、情けなや」

友永窮介が吐き捨て、

「いたち、この分では死んではおるまい。呑込みに活《かつ》を入れろ」

と命じた。

「あいよ」

いたちの豆造が小刀で麻縄を切ると、足を投げ出して座らされた呑込みの背中に膝を当てて、くっと活を入れた。

「ううっ」

と呻いた呑込みの権兵衛が正気を取り戻した。

「呑込み、しっかりしないか」

「いたち、おれがどうしたって」

と言いながら頭に触った呑込みが、

「ああ、髷がない」

と悲鳴を上げた。

「それでも御広敷番の使い手か。だれにやられた」

と叱りつけた組頭の友永窮介が質した。

「組頭、あやつは間違いない、吉原会所の裏同心だ」

「神守幹次郎か、ちくしょう」

「どうするよ、組頭。あやつらを追うか」

いたちが尋ねた。

「いや、四郎兵衛も鎌倉にいるのだ。じっくりと始末の手立てを考えようか」

と友永組頭が答え、

「いたち、かような大事にはわれらに先立ち、だれぞを鎌倉に先行させていよう、それがお頭のやり口よ。いつもの釈迦堂口《しゃかどうぐち》切通しの隠れ処《が》を確かめて参れ。連絡《つなぎ》は、鶴岡八幡宮の三の鳥居じゃ」

と命じて、いたちが独りだけ先行して宵闇《よいやみ》の鎌倉街道を走り出した。

二

道慶一行はすでに化粧坂切通しを越えて、最後の難所の亀谷坂切通しに向かっていた。先導するのも建長寺の雲水ならば、従うのも建長寺派大本山の管長板倉道慶らだ。歩みによどみはない。灯りがなくとも鎌倉七口などどこも諳《そら》んじていた。

ひたひたと長い道中の最後の道程を楽しむように一行は歩いていた。

そのあとをいたちの豆造が追い、さらに遅れて組頭友永窮介ら一党八人が山道にいた。組頭の傍らには髷を切り落とされ、鳩尾を金剛杖で突かれた呑込みの権兵衛がいた。

権兵衛は、神守幹次郎に大恥を掻かされて胸中は憤怒《ふんぬ》に燃えていた。

(あやつをどうしてくれよう)

吉原会所の用心棒に待ち伏せされ、髷を切られて道端の山桜の幹に括りつけられて仲間の目に曝されたのだ。

江戸に戻ったら、御広敷番之頭の古坂玄堪の怒声《どせい》を浴びるのは目に見えていた。

それ以上に、

(権兵衛は敵方ひとりに恥を掻かされたとよ)

という噂が、あっという間に仲間内に広まるのが耐えられなかった。

(どうしたものか)

と思い悩む権兵衛は、仲間たちが不意に止まったので前につんのめりそうになった。

「どうした」

前を歩いていた仲間に声をかけたが答えはない。

組頭が前に出ると、権兵衛も道端に身を避けて行く手を窺った。

化粧坂切通しの入口に影が立っていた。

饅頭笠に金剛杖、濃い藍染めの衣の裾を絡《から》げた神守幹次郎だ。

(あやつひとりで待ち伏せしておるとは、なんという奴か)

御広敷番衆を軽んじておる、と呑込みの権兵衛は思った。

一行の先頭に立っていた友永窮介が、

「おのれは吉原会所の用心棒か」

「古坂玄堪の配下じゃな」

友永の問いに幹次郎が反問した。

幹次郎は、鎌倉に古坂の配下を入れる気はなかった。そこで道慶一行をもはや安全と思える鎌倉街道の手前まで見送り、化粧坂切通しに急ぎ戻ってきたところだった。

「おのれ」

組頭の友永窮介が声を発した。

幹次郎は、その声に聞き覚えがあった。

小伝馬町の牢屋敷を夜出された身代わりの左吉を竜閑川に架かる九道橋で待ち伏せしていた黒羽織の男の声だ。あの折りは低声で脅しを利かせていたが、同じ人物に間違いないと確信した。

「牢屋敷に逃げ込んだ喬之助なる御仁を追い、大牢にふたりの刺客を入れ、深夜、顔に濡れ紙を張り、大男が伸しかかって動けぬようにして始末した所業、許しがたい。喬之助とは何者か」

「吉原の用心棒風情が城中の出来事に関心を持つでない」

幹次郎は、この者は喬之助の身許《みもと》を知らされていないと判断した。

「さらには山東京伝の弟子歌三どのを殺し、身代わりの左吉どのも殺めようとした罪、許せぬ。牢の殺しも歌三どの殺しも古坂玄堪の命か」

「吉原会所の裏同心とやら、いささかわれらの御用に首を突っ込み過ぎておるな」

「首を突っ込んだのは、古坂玄堪のほうであろう。明暦年間、元吉原から新吉原に移転した際、幕府と吉原の間に交わされた『吉原五箇条遺文』の副書は、吉原が継承すべきもの。幕府の正書が明暦の大火で消失したとしても、厳然と生き続ける約束ごとじゃ。その『遺文』を贋作《がんさく》して、副書を葬り吉原乗っ取りを図るなど、この吉原裏同心神守幹次郎が許しはせぬ」

「抜《ぬ》かせ、吉原の用心棒風情が。われら、幕府の御広敷番に独り立ち向こうても所詮《しょせん》は隆車《りゅうしゃ》に立ち向かう蟷螂《とうろう》、踏み潰されるわ」

「冥途《めいど》に旅立つ前に名を訊いておこうか」

「さあて、冥途行きはどちらかのう」

と応じた相手が腰の一剣を抜き、構えた。そして、

「古坂家用人友永窮介」

と名乗った。

「古坂玄堪の見張りは、昨夜亀谷坂切通しにて始末した」

と幹次郎がぽつんと呟いた。

「お頭はやはり鎌倉に見張りを放っておいでであったか」

「左目に革の眼帯をした痩身の者であった」

「薬師寺兵衛《やくしじひょうえ》どのが殺されたとな。吉原の用心棒風情にできるわけもない」

友永窮介の顔に驚愕が走り、思わず呟いた。

坂上に位置した幹次郎は、饅頭笠と頭陀袋を取り、切通し前に立つ野地蔵の足元に置いた。そして、金剛杖を高々と夜空に突き上げた。

戦いの仕度は整った。

一対八の戦いだった。だが、化粧坂切通しに向かう山道は、ようやく人がすれ違えるほどの道幅だった。

友永窮介が手を振って手下の者をふたりずつに分け、互いに間を取らせた。さらに手下ふたりの一之組を山側の路傍へと移動させ、二之組を海側の山道下から幹次郎の背後に回らせ、三之組を海側の斜面に配した。これで神守幹次郎は狭い山道で囲まれて逃げ場を失うことになる。

最後に独り残った呑込みの権兵衛を傍らに呼び寄せた。

相模の内海は月明かりで輝いていた。

山道は風もなく、静かだった。

幹次郎は、組頭友永窮介の無言の命の配置へと御広敷番衆が陣形を変え始めたとき、臍下丹田《せいかたんでん》に力を溜めた。

「きええええっ！」

夜の静寂《しじま》を破って、山道に猛禽《もうきん》の鳴き声にも似た絶叫が響き渡り、眠りに就いていた野鳥や獣《けもの》たちの目を覚まさせた。

次の瞬間、化粧坂切通し上から幹次郎が前方へと走り下り、

「ちぇーすと！」

薩摩示現流《じげんりゅう》の気合を発した幹次郎の藍染めの衣が夜空に高々と舞い上がり、突き上げられていた金剛杖が幹次郎の背を叩くと、その反動を利して自らの下降といっしょの動きで振り下ろされた。

友永窮介には、予期せぬふるまいだった。

飛翔し、下降する影を手にした刀で振り払い、抗おうとした。

だが、夜空を切り裂いて落ちてきた金剛杖は想像を超えた打撃で、窮介の握った柄の手が痺《しび》れたと思った瞬間、額を直撃されてよろめいた。

その背後に幹次郎が、

ふわり
と飛び下りた。

一瞬にして四方陣の囲みを破った幹次郎が膝を曲げて山道に下り立ったとき、呑込みの権兵衛は、組頭友永窮介の血飛沫《ちしぶき》を顔に浴びた。

「あああ」

言い知れぬ恐怖を感じた権兵衛は山道から海側の斜面へと逃げようとして足を絡ませ、崖下に転がり落ちていった。

反転して向きを変えた幹次郎に、こんどは化粧坂切通しの頂きを背にして坂上に位置を占めた二之組のふたりが直刀を立てて、山道を駆け下りてきた。

さらに山道の左右に回り込んだ一之組と三之組が二之組に呼応して、幹次郎を三方から攻めたてようとした。

幹次郎は敢然《かんぜん》と踏み込み、走り下ってきたふたりを金剛杖で次々に突き上げると、ふたりが仰向《あおむ》けに倒れ込むのを見ることもなく、山側から攻めてきた両人に金剛杖を鋭《するど》く回転させてひと振りでふたりを仕留め、次の瞬間には、海側の斜面から飛び上がってきたひとりを体当たりで崖下に落とすと、金剛杖で最後のひとりの咽喉《のど》を突き破っていた。

豊後国岡藩中川《なかがわ》家七万三千石の城下を流れる玉来川《たまらいがわ》の河原で旅の老武芸者から教わった薩摩示現流であった。その技を流浪の旅の中で工夫を重ねて、幹次郎独自の剣法にしていた。

乱戦の折り、多勢を相手に一撃で倒す剣術が功を奏した。

山道に殺気が満ちて、数瞬の裡《うち》に掻き消えていった。

古坂玄堪が放った第一陣は、神守幹次郎の阿修羅《あしゅら》のような動きに壊滅した。

呑込みの権兵衛が山道の崖下から戦いの結果を茫然自失して見上げていた。

(どうしたものか)

山道を見上げると神守幹次郎の姿は掻き消えていた。

(助かった)

と正直思った。

しかし、鎌倉の地で独り生き残ったことを、どう古坂玄堪に報告すればよいのか。

その瞬間、いたちの豆造が鎌倉に残っているのではと思い出した。

鶴岡八幡宮の三の鳥居が連絡の場所だった。

いたちの豆造に相談して今後の行動を決めようと考え、化粧坂切通しへの山道に戻ることなく、相模灘の方角へと下り始めた。

権兵衛は、鎌倉を知らなかった。

銭洗弁天《ぜにあらいべんてん》の横の山道を御広敷番衆の経験と勘に任せて一刻ほど下ると、ようやく山家《やまが》が散在する里道に出た。

鎌倉が三方を山に南側を海に囲まれた地形であることを思い出しながら、東へと里道を辿った。

不意に大きな道に出た。

若宮大路の段葛の右手に鳥居が見えた。

二の鳥居だ。

となれば、鶴岡八幡宮の三の鳥居は左手、なれば左へと進めばよい。ざんばら髪を手拭いで頬被りをして隠し、若宮大路を進んだ。

三の鳥居が常夜灯に浮かんできた。

いたちの豆造がどこかにいまいか、と暗がりから常夜灯の灯りが照らす中に立つと鳥居の陰から豆造が、
ひょい
と姿を見せた。

「どうした、呑込みの。組頭方は別々に動いておるのか」

「組頭は死んだ」

「なんじゃと、組下の者は」

「やられた」

「だれにじゃ」

「決まっておろうが。吉原会所の用心棒神守幹次郎ひとりにやられた」

「なんと」

「それればかりではない。お頭が鎌倉に放っておられた薬師寺兵衛様もあやつに始末されおったぞ」

「なんということが」

と応じたいたちの豆造が、

「隠れ処など無駄になったか」

「それればかりかこのまま江戸に逃げ戻ったらお頭に始末されるぞ」

「どうする、呑込みの権兵衛」

「吉原会所の四郎兵衛を捕まえて始末すれば、われらの面目《めんぼく》も立つ」

「あやつ、死なぬまでも当分動けぬとみたが、鎌倉まで旅してきおったぞ。どうすれば、そのようなことができる」

「最前、山道を下りながら考えついた、船じゃ。五月になれば鎌倉から江戸へと押送船がやってくる。吉原は魚河岸とも懇意であろう。四郎兵衛は魚河岸に頼んで、押送船で鎌倉に来たんじゃ」

「おお、その手があったか」

といいたちの豆造が応じて、

「四郎兵衛はどこにおる」

「そりゃ、建長寺に決まっていよう。京に旅していた管長の道慶が鎌倉に戻ってきたのだ。四郎兵衛は、明日の朝にも道慶と『吉原五箇条遺文』なるものが真に建長寺に存在するかどうか、相談しよう。その前になんとしても四郎兵衛を連れ出すか、始末するか、しなければわれらの命に関わろう」

「いかにもいかにも」

と言いかけたいたちの豆造が、言葉を途中で呑み込んだ。

「どうした、いたち」

「呑込みの、おまえ、あやつを連れてきおったな」

「はあ」

権兵衛が後ろを振り向くと、饅頭笠に藍染めの衣、頭陀袋に金剛杖の雲水が独り立っていた。

「あ、あああ」

尾を引くような悲鳴を上げた呑込みの権兵衛は、懐から小刀を掴み出すといきなり雲水に突きかかっていった。

一瞬、金剛杖が上げられ、突っ込んでくる権兵衛の鳩尾を強打した。

悲鳴が途中で掻き消えて、横倒しに三の鳥居に寄りかかるように倒れ込んでいった。

雲水がいたちの豆造を見た。

「わ、わしは、戦いは好《す》かん。組頭たちのように殺されるのは敵わん」

「組頭友永窮介はいかにも死んだ。四郎兵衛様を勾引し、暴行を加えて大怪我をさせた罪、また歌三どのを始末した咎、身代わりの左吉どのを殺そうとした一件もある。だが、そなたら配下はこの者と同じように手加減したゆえ命に別状はない。事の次第では殺しはせぬ」

「ど、どうすればよい」

いたちの豆造は、神守幹次郎の前から逃げ出せないことを察していた。

「江戸まで使いに立ってもらおうか」

「使いじゃと、だれに」

「御広敷番之頭の古坂玄堪にじゃ」

「お頭にじゃと。わしは嬲《なぶ》り殺しにされるわ」

「断わると申すか。ならば、この場で呑込みの権兵衛といっしょに始末してくれん」

「じょ、冗談ではない」

「冗談は言わぬ。古坂玄堪に伝えるだけでよい。そなたが鎌倉への道案内に立つようそれがしから命じられたと聞けば、玄堪はそなたを殺しはしまい」

「なにを伝えればよい」

「たしかに明暦三年に幕府と吉原で交わされた『吉原五箇条遺文』の副書は鎌倉建長寺に存《あ》ったと伝えよ。また、それを欲しくば、古坂玄堪自ら鎌倉に参れと伝えよ。吉原会所の七代目四郎兵衛様とそれがしは、鎌倉にて三日間ほど待つとな」

むろん『吉原五箇条遺文』が建長寺に存在するかしないかを、板倉道慶が幹次郎に伝えたわけではない。

だが、吉原安泰のために古坂玄堪を始末するとしたら、江戸よりも鎌倉の地に誘い出したほうがよかろうと幹次郎が考えての独断だった。

「お頭を麴町の裏手のお屋敷から鎌倉まで連れ出すのにわずか三日の間じゃと」

「そなたたち、隠れ処をどこにするつもりであったか」

幹次郎は話柄を転じた。

「大御堂《おおみどう》ケ谷《がやつ》に釈迦堂口切通しがある。切通し下の海側に破《やぶ》れ家《や》があってな、そこじゃ。そなたが殺した薬師寺兵衛どのも隠れ処にしておった」

「破れ家のある釈迦堂口切通しとはどちらにある」

「こっちじゃ」

いたちの豆造が横大路の方角を指して、仔細に行き方を幹次郎に告げた。

「よし、いたち、この呑込みの権兵衛の命、そなたが古坂玄堪を案内して戻るまで預かってやろう。三日後の夜明け前に、玄堪とそなたが鎌倉の破れ家に姿を見せんときは、始末致す」

ふうっ
といたちの豆造が大きな息を吐き、

「分かった」

「時を無駄にするでない。巨福呂坂切通しから鎌倉街道を走り、大船《おおふな》から戸塚宿へ向かえ。休んでおる余裕などない、死にもの狂いで走れ、いたち。御広敷番衆なれば、それくらいできよう」

幹次郎の言葉にいたちが三の鳥居から鶴岡八幡宮の境内を斜めに過《よぎ》って鎌倉街道へと走り出した。

それを見届けた幹次郎は、呑込みの権兵衛を藍染めの衣の肩に担ぎ、釈迦堂口切通しの破れ家に向かって歩き出した。

鶴岡八幡宮の三の鳥居から横大路を通り、滑川沿いに杉本寺《すぎもとでら》方面に向かうと、滑川に架かる木橋があった。

小高い山に向かう途中で空が白んできた。

山道を担いでいくうちに呑込みの権兵衛が意識を取り戻した。

幹次郎が道端に下ろすと、権兵衛はきょろきょろと辺りを見た。

「隠れ処に行く道中じゃ」

「そこで始末する気か」

「呑込みの異名を持つにしては、呑込みが悪いな。殺す者をだれが重い思いをして山中まで担いでくるものか」

「それもそうか」

呑込みの権兵衛は金剛杖で二度も突かれた鳩尾が痛いのか、手で押さえた。

「加減をしたのだ、痛みは二、三日で消えよう」

「あれで加減したというか」

権兵衛の言葉に幹次郎がにやりと笑い、事情を説明した。

「いたちを使いに出した。三日後にいたちが古坂玄堪を伴い、鎌倉に戻ってくれば、そなたは命を長らえる。差し当たって三日、破れ家で辛抱せよ」

幹次郎の言葉に呑込みの権兵衛が頷くと、大御堂ヶ谷に向かって自ら歩き出した。

三

明け六つの時鐘が浅草寺の境内から響いてくる。

汀女は、寝床の中で鐘の音を聞きながら、左兵衛長屋で聞く響きとは、

(異なった音色)

だと思った。

わずか一丁（約百九メートル）だが、浅草寺へと近づいたせいで響きが大きく、澄んだ音に聞こえた。

（初冬の冷たい空気のせいであろうか）

と思いながら寝床を離れた。すると布団の上で寝ていた黒介が目覚めたようで畳の上で伸びをして、幼い甘え声で鳴きながら汀女に体を寄せてきた。

「お腹が空きましたか、黒介」

黒介の体を抱くと、しばし喉を指先で撫でてやった。

「そなたの主どのは、どうしておられるやら。そなた、どこに行かれたか知りませぬか」

怪我が完全に癒えたとは言えぬ四郎兵衛といっしょに幹次郎が江戸から姿を消した。湯治ならばよいのだが、一連の騒ぎの決着をつけるべく四郎兵衛の供をして御用旅に出かけていた。

船宿牡丹屋の政吉船頭からその言づけが届いたのは、並木町の料理茶屋山口巴屋であった。そこで汀女と玉藻は、密かにふたりの旅仕度をして政吉に託し、政吉の手から風呂敷包みの旅仕度は、ふたりに渡っていた。

あれから四日目の夜が明けたが、ふたりが戻ってくる様子はない。

昨日、汀女は、船頭の政吉と会った。その折り、政吉が、

「たしかに届けものはご両人に渡しましたぜ」

と汀女に囁いたのだ。

「政吉さん、ふたりがどちらに向かったかご存じないの」

「汀女先生、わっしがおふたりを送り届けたのは佃島だ。だが、その先は全く知りません。神守様もご存じない様子で、四郎兵衛様の胸の中だけに行き先があるのでございましょうよ」

と答えたものだ。

汀女は、おあきが雨戸を開け始めた音に、

「黒介、おふたりの無事を祈りましょうかね」

寝間の隅に用意した時服《じふく》に着替えた汀女は、おあきを手伝って柘榴のある庭側の雨戸を開け始めた。足元にじゃれついていた黒介が沓脱石に飛び下りると、庭の片隅に走っていった。どうやらそこが小便をする場と心得ているようだった。

「お早うございます」

浅草田圃側の雨戸を開けたおあきの元気な声がして、

「お早う、おあきさん」

と汀女が挨拶を返すと、おあきが東の空に向かい合掌した。

四郎兵衛と幹次郎の無事を祈っているのだ。昨日の朝、合掌するおあきを見たとき、

（うちには仏壇も神棚もなかったわ）

と気づかされた。そこで汀女は、浅草寺門前町の仏壇、神棚を売る店で、小さな仏壇と神棚を購《あがな》った。

仏壇は、寝間に仮に置き、幹次郎が戻った折りに改めて相談することにした。

神棚は台所の大黒柱の上に荒神棚《こうじんだな》を長三が取りつけてくれた。まず荒神様にお札《ふだ》を捧げて、水と榊《さかき》は毎朝おあきが取り換えることにした。

汀女は、まだ位牌《いはい》もない仏壇の前に座り、手を合わせて四郎兵衛と幹次郎の旅の無事を願った。

すでにおあきは竈に火を入れて朝餉の仕度にかかっていた。

汀女は、姉さん被りをすると寝間の夜具を片づけ、箒を手に座敷の掃除を始めた。さらに玄関を開けると、柿葺きの門前までの飛び石伝いの道を清めた。

黒介はすでに縁側から台所に行き、おあきに朝飯をねだっていた。その鳴き声

がおあきのいる台所の格子窓の向こうから聞こえてくる。

段々と柘榴の家の日課が定まってきた。それが暮らしだと、汀女は思った。

ふたりが無事に江戸に戻ってきたら、左兵衛長屋の住人を呼んで約束を果たさなければと思った。だが、汀女の勘は、ふたりが直ぐに戻ってくるとは告げていなかった。ならば、二、三日様子をみて、おりゅうたちを柘榴の家に呼ぼうかしら、とも考えた。

柘榴の木の下に立つと、皮がさらに弾けて実が黒ずみ始めていた。

汀女は、思わず柘榴の木の精《せい》に両手を合わせ、旅人の無事を祈った。すると、おあきが、

「汀女先生、お茶を淹《い》れました」

と呼ぶ声がした。

そのとき、そうだと思いついた。

本日、おあきを並木町の料理茶屋山口巴屋に連れていき、お店奉公とはどんなものか修業させようと汀女は考えた。

釈迦堂口切通しの破れ家には、古坂玄堪が放った見張りの薬師寺兵衛が潜んで

いた痕跡を残し、囲炉裏には薪《まき》を燃やした跡があった。だが、この数日、火を使った様子はなかった。

どうやら古坂玄堪が建長寺の様子を探るために派遣していた見張りは、薬師寺兵衛ひとりであったと思えた。徳利の傍らには茶碗がひとつ、夜具らしきものもひと組しかなかった。

呑込みの権兵衛は慣れた様子で台所にあった火打ち石を使い、付け木に火を移して囲炉裏にあった粗朶《そだ》を燃やした。そして、水甕《みずがめ》から水を鉄瓶《てつびん》に入れて自在鉤《じざいかぎ》に掛けた。

権兵衛にはどこか観念した様子があった。

化粧坂切通しでの幹次郎の戦いぶりに圧倒されたのか、黙々と体を動かしていた。

「権兵衛、その髪、どうしたものか」

「どうしたものかだと、おまえが髷を切り落としたのではないか」

「すまぬ。あの折りは勢いでな、髷を落とした」

「こう恥を掻かされ、仲間に知られた上はもはや御広敷番には戻れぬわ」

と権兵衛が呟いた。そして、言い足した。

「御広敷番としては歳も歳だ。おまえにあっさりと髷を落とされるようでは、役にも立つまい」

「悪かったな。それがしの主、吉原会所の四郎兵衛様にそなたらがなした仕打ちに、それがしもいささか立腹しておったでな」

「わしもいたちも四郎兵衛の勾引しには関わりがなかった」

「さようであったか」

「どうする気だ」

「古坂玄堪が鎌倉に派遣したのは、先陣として薬師寺兵衛、それに本隊として友永窮介ら九人だけであろうか」

幹次郎は自問するように呟いた。

古坂玄堪は、これまでの吉原会所との戦いで神守幹次郎の腕前を重々承知しているはずだった。まず先行の薬師寺はよいとして、組頭の友永ら九人に幹次郎を倒す力があると古坂玄堪が判断したのか、訝しく思っていた。

「ううーん」

と権兵衛が唸った。

「どうした」

「お頭は配下の者をだれひとりとして信じてはおらぬ。ために使い捨てにすることなど小指の先ほども気にかけておらぬ。わしらは、四郎兵衛とおまえが鎌倉にいるかどうかを確かめるのが役目だ」

「とすると、どうなるな」

「お頭は、神守幹次郎を斃すために必ず刺客を放っておる。わしらに遅れること半日以内に鎌倉行を命じておられよう」

「今日にも鎌倉入りするというか」

「間違いない。この隠れ処に半日以内で姿を見せよう」

「半日の猶予か」

幹次郎が沈黙すると、権兵衛が唆《そそのか》すように告げた。

「お頭が近ごろ頼りにしておるのは、天真一刀流の伊賀平撫心斎じゃぞ。そう、おまえとならばよい勝負とみた」

「仲間がおるか」

「三人な、こやつらも腕は立つ。撫心斎の実弟次郎輔《じろすけ》、従兄弟《いとこ》の壱海五郎平《いちうみごろべい》と七《しち》吾郎《ごろう》兄弟じゃ。お頭から、まずこの隠れ処に向かえと、命じておるはずじゃ」

呑込みの権兵衛は御広敷番衆に戻ることを諦めたか、幹次郎に古坂玄堪の考えを喋った。

幹次郎は、藍染めの衣の下から財布を出し、汀女が仕度してくれた路銀から三両を呑込みの権兵衛の前に差し出した。

鉄瓶の湯が音を立て始めていた。

「なんだ、この金は」

「もはや御広敷番には戻れぬのであろうが。それがしが呼び出した古坂玄堪が到着すればそなたの命も危なかろう。どこぞに逃げよ」

「相手は幕府の御広敷番じゃぞ、逃げる先などどこにもないわ」

「ではどうするな」

「考えが及ばぬ」

呑込みの権兵衛が頭を抱えた。

「頭を丸めよ」

「はあっ」

幹次郎の言葉に権兵衛が驚きの顔を向けてきた。

「それがしがここで頭を丸めてやろう。建長寺に参り、吉原会所の四郎兵衛様に会い、昨夜来の出来事をすべて伝えよ。その上で建長寺に留まれ。それが、そなたが命を長らえる道のように思える」

「おまえはどうする気だ」

「伊賀平撫心斎らを待つ」

「伊賀平は、おまえと同じ技量の持ち主と言うたぞ。その上、三人の連れが従《したご》うておるのだ」

「戦いは数ではない。化粧坂切通しで見たであろうが」

「組頭友永窮介は、武芸者ではない。密偵ぞ、御広敷番衆じゃぞ。機略《きりやく》は使えても尋常の勝負では分《ぶ》がない。化粧坂切通しでは、反対におまえに先手を取られた。だがな、伊賀平撫心斎は、おまえと同じほど剣術を修行してきた武芸者じゃ」

「承知しておる」

「なにを承知しておるというのだ」

「そなたには分からぬかもしれぬが、吉原はわれら夫婦のただひとつの拠り所なのだ。その吉原に危難が降りかかっておる、必ずや振り払ってみせる」

「分からぬ」

と権兵衛が呟いた。

「戦いはそれがしに任せよ。権兵衛、己の生き方を建長寺でな、己に問うてみよ。行け」

「わしは途中で逃げるかもしれぬぞ」

「そなたが言うたではないか。幕府御広敷番からは逃れられぬとな。建長寺はそなたを救うてくれるやもしれぬ。命をかけて地蔵菩薩様に願うてみよ」

権兵衛が鉄瓶を下ろすと、茶碗をふたつ用意し、白湯《さゆ》を注ぎ分けた。そして、そのひとつの茶碗を幹次郎に差し出した。

「頂戴しよう」

ふたりは白湯を飲み合った。

「そなた、懐に小刀を持っておるな。それがしが髪を落とそう、覚悟はよいか」

しばし間を置いた権兵衛が首肯し、懐から小刀を出した。

幹次郎は鉄瓶の湯で権兵衛の頭を蒸《む》してからざんばら髪を切り落とし、短く揃えた。

「剃髪は建長寺にて行え」

大きく頷いた権兵衛がぴたぴたと頭を叩き、

「いたちの豆造を頼む」

と幹次郎に願った。首肯した幹次郎が、

「そなた、庄司甚右衛門なる人物を知らぬか」

と尋ねた。

「庄司甚右衛門とな、武家か」

「いや、知らぬならばよい」

と幹次郎が答え、立ち上がった権兵衛に、

「いくら禅寺でも金子は要ろう。持っていけ」

「牢屋敷に入るのではないわ、蔓が要るものか」

と答えた権兵衛が大御堂ヶ谷にある釈迦堂口切通しの破れ家から姿を消した。

幹次郎は、薬師寺兵衛が自炊していた釜を使い、粥を作り、梅干しを菜《おかず》に昨夜以来の食べ物を口にすると、囲炉裏の傍に夜具を引っ張ってきて眠りに就いた。

幹次郎は、眠りの中で破れ家に近づく人の気配を感じ取った。だが、起き上がることはしなかった。囲炉裏の火は何度か薪を足したので、まだ燃えていた。薪が爆《は》ぜる音に重なって足音がした。ひとりだ。

(呑込みの権兵衛が戻ってきたか)

と幹次郎は考えたが、神経を集中し、気配を消して接近する足音は呑込みの権兵衛ではないと思った。

夜具の下に入れた金剛杖を握った。

(さてだれか)

破れ家の中に人の気配があるのは、囲炉裏の火で察していよう。となれば、刺客の伊賀平撫心斎一味か、それにしては気配はひとりだけだ。先行して鎌倉入りしている薬師寺兵衛のことは当然古坂玄堪が伊賀平らに教えているはずだ。とすると、伊賀平は鎌倉に宿を取り、ひとりだけを連絡に破れ家に遣わしたか。

ぎいっ
と裏の戸口が押し開かれた。表から入ろうとはせず裏に回った。用心をしている気配があった。

幹次郎は、狸寝入《たぬきねい》りを続けた。

「薬師寺どのじゃな」

声が土間からした。ひとりと思った訪問者は、ふたりだった。

幹次郎は機先を制したつもりが反対に危難に落ちていた。手には金剛杖しかない。

「いかにもさよう」

と土間に立つ人物に向けて、
ごろり
と起き上がった。

夜具は肩にかけたままだ。

その幹次郎の視線の先に裏口から入ってきた武芸者が草鞋履きのまま、破れ家に踏み込んできた。

「兄者《あにじゃ》、薬師寺兵衛ではないぞ!」

裏口から潜入した壱海七吾郎が、兄の五郎平に向かって警告を発すると同時に、剣を抜いて襲いかかってきた。

幹次郎は夜具を摑むと七吾郎に投げて、その視界を閉ざした。

背中から殺気が襲いきた。だが、幹次郎の背には自在鉤に鉄瓶が掛かる囲炉裏があった。それを盾《たて》にした。

壱海五郎平は土間から飛び上がると、囲炉裏を飛び越しながらすでに抜いていた剣を幹次郎に叩きつけようとした。

幹次郎は片膝をついた姿勢で身を反転させ、金剛杖で腹部を鋭くも突き上げた。

「ぎええええっ！」

絶叫が響いて虚空《こくう》にあった壱海五郎平の体が、それまで幹次郎が寝ていた夜具の上に落ちてきて悶絶《もんぜつ》した。

その瞬間、幹次郎はふたたび片膝を回して、弟の壱海七吾郎に向き直った。

投げつけられた夜具を剝《は》ぎ棄てた七吾郎が、五郎平の悶絶する姿を見て、

「おのれ、兄者の仇！」

と叫ぶと刀を構え直した。

幹次郎も立ち上がると、金剛杖を構え直した。

初めて対面する剣術家は、若かった。二十三、四歳か。兄を一瞬の裡に斃され た憤怒に顔が紅潮し、目が大きく見開かれていた。

「壱海七吾郎じゃな。そなたの腕ではそれがしは斃せぬ、出直さぬか」

「抜かせ。兄の仇を討つ」

「死んではおらぬ、意識を喪《うしの》うておるだけだ。じゃが、胸の骨が折れておるやもしれぬ」

「許せぬ」

七吾郎は幹次郎の金剛杖を見て、気を取り直した。

「その言葉、後日に取っておけ。伊賀平撫心斎に伝えよ、神守幹次郎は逃げも隠れもせぬとな。吉原のためにそなたらの企てを阻《はば》む。吉原会所の裏同心の役目ゆえな」

壱海七吾郎の目の光が鎮まり、落ち着いてきた。だが、戦意は消えていなかった。

「この場で勝負を決するつもりか」

幹次郎は、金剛杖を半身に構えて七吾郎の八双の剣と対峙《たいじ》した。

「伊賀平一味の戦力を殺《そ》ぐ」

ことに幹次郎は集中した。

「兄御の二の舞になりたくば参れ」

「おうっ」

と雄叫《おたけ》びを上げた七吾郎が、藍染めの衣姿の幹次郎に斬りかかってきた。

幹次郎は、金剛杖を突き出し、刃を弾こうとすると、七吾郎は巧妙にも金剛杖の先端に刃を絡ませて横手に流した。そして、迅速にも幹次郎が引こうとした杖の先、一尺ばかりのところを両断した。

幹次郎が考えた以上に手練《てだれ》だった。

「勝負あった」

と叫んだ七吾郎が流れのままに踏み込みざま、刀を幹次郎の首筋に振り下ろした。

一瞬の間を突いて、幹次郎の先端を斬り落とされた金剛杖が、七吾郎の喉元を鋭くも突き放し、後ろ向きに飛ばした。

ふうっ
と息を吐いた幹次郎は、七吾郎の刀を手にすると、破れ家の周りを調べ始めた。

四

その夜、五つ過ぎ、神守幹次郎は、巨福呂坂切通しを越えて建長寺の庫裏に戻った。すでに境内は森閑《しんかん》として眠りに就いているように思えた。

消灯の刻限は、五つ半と聞いていた。とはいえ、修行僧たちは各々が座禅修行を九つ半まで行うとも四郎兵衛から聞かされていたので、だれぞ庫裏には不寝番《ねずばん》の者がいるのではないか、と望みをかけてのことだった。

壱海兄弟を釈迦堂口切通しの破れ家で倒した幹次郎は、ふたりの頭分に当たる伊賀平撫心斎と弟の次郎輔が破れ家近くに潜んでいるのではないかと、七吾郎の刀を手に辺りを探った。

だが、人の気配はなかった。ということは、伊賀平兄弟は鎌倉の宿にいて、壱海兄弟は、先行して建長寺の見張りに就いていた薬師寺兵衛と連絡を取りに来たと判断された。

そこで七吾郎の刀をそのまま借り受け、その足で鎌倉の鶴岡八幡宮前を経て、建長寺に到着したのだ。

昨夜、徹宵《てつしょう》した疲れは本日の仮眠で消えていた。だが、饅頭笠に頭陀袋、藍染めの衣姿ではやはり落ち着かなかった。まして古坂玄堪の刺客、強敵の伊賀平兄弟が鎌倉にいる以上、四郎兵衛の傍らにいたほうが安心だった。

庫裏から微かな灯りが漏れていた。

「御免くだされ」

と声をかけ、厚板の戸を押し開けてみた。

すると、庫裏の板の間にひとりの修行僧が座禅を組んでいた。目を開け、刀を提げて敷居を跨ぐ幹次郎を見て、驚きの表情を見せた。まだ修行を始めたばかりの青坊主か。

「夜分、相すまぬ。嘉藍導師は、すでに就寝なされておられようか」

と声をかけると、

「そなた様は神守幹次郎様でございますか」

と尋ね返した。

幹次郎は饅頭笠を脱ぐと顔を曝し、刀を上がり框に置いた。

「いかにもそれがし、江戸吉原の神守幹次郎にござる。昨日、道慶老師を藤沢の分かれ道まで迎えに出た雲水一行に加わっておった」

「お待ちくだされ、ただ今、導師をお呼びします」

と若い修行僧が奥へと消えた。

幹次郎は、水甕があるのを見て、柄杓《ひしやく》を使い、水を汲んで喉を鳴らして飲んだ。

昨夜来、朝の間に薬師寺兵衛が残した米を使って粥を炊き、それを食しただけだった。腹も減っていたが、禅宗の寺で刻限外に食べ物があるとも思えない。水で渇きと飢えを満たそうと考えた。

「おお、戻られたか」

嘉藍導師と四郎兵衛が姿を見せた。

「無事にございましたか」

四郎兵衛が幹次郎を見て、安堵の表情をひとまず見せた。

「古坂玄堪の刺客が来るのを釈迦堂口の破れ家にて待っておりましたゆえ、帰りが遅くなりました」

「現われましたか」

「ふたりほど」

「始末されましたか」

「あの兄弟はもはや古坂の戦力にはなりますまい」

「話を聞けば、藤沢にて道慶老師を迎えて以来、神守様は戦いに次ぐ戦いを制してこられたのですな」

四郎兵衛が気の毒げな顔をした。小さく頷いた幹次郎は、

「呑込みの権兵衛は、こちらに参りましたか」

「来ましたぞ、毛を毟《むし》られた鶏のような頭でな。あの者、幕府の御広敷番衆の手下であったとか。神守様に諭されたと言って、うちにて修行をさせてくれと願ってきました」

と嘉藍導師が答えた。

「迷惑であったのではございませんか」

「いかような仔細を持った者でもその覚悟があれば寺は受け入れます」

「おお、権兵衛をこちらで修行僧の端に加えていただけましたか」

「神守様の口添えでも、そう容易《たやす》く藍染めの衣は身に纏うことはできません。一、二年、世間で申す下男の役を務めさせ、覚悟のほどを見たあとに得度《とくど》することになります。ゆえに境内の一角の小屋にて他の者たちと寝泊まりを始めております」

「それはよかった」

「神守様、だいぶお疲れの様子でございますな」

四郎兵衛が幹次郎を案じ、

「神守様、湯殿にて汗を流し、着替えをなされませぬか」

と嘉藍も汚れを落とせと勧めた。

「有難い思《おぼ》し召《め》しでございます。折角《せっかく》の藍染めの衣を血にて穢してしまいました」

「それもこれも、老師や吉原を守るための行いでございましょう、殺生《せっしょう》にもいろいろございます。まず湯を使いなされ」

嘉藍が最前座禅をしていた修行僧に命じ、幹次郎は草鞋を脱ぐと、刀を手に湯殿に案内された。

水風呂と思っていたが、なんと湯が沸かされていた。幹次郎が戻ってくることを想定してのことか。

「頂戴します」

と案内してくれた修行僧に合掌した。

「着替えをお持ちします」

修行僧が姿を消し、幹次郎は雲水の衣服を脱ぎ捨てて、湯殿に入った。

かかり湯を使い、幹次郎は、ほっと体の冷えが消えていく心地好さを体感した。

そして、昨夜来の殺生と戦いのあとを洗い流すようにさらに湯を何杯か被り、湯船に身を浸した。

瞑目《めいもく》した幹次郎は、全身の疲れと冷えを取るためにただじいっと浸かっていた。

脳裏に、柘榴の家の庭で戯《たわむ》れる黒介の姿が浮かんだ。

武士《もののふ》の　都の寺の　湯に浸かる

言葉が頭の中で散らかった。ただそれだけだった。

吉原から遠く離れ、吉原の存亡のかかる戦いの最中にあった。

この建長寺が北条家に仕えていた庄司甚右衛門となんらかの関わりがあるということは、昨日、言葉を交わした板倉道慶老師の反応から窺えた。だが、元吉原から新吉原に移転した折りの『吉原五箇条遺文』がこの建長寺に秘匿《ひとく》されているかどうかは、分からなかった。ともかく古坂玄堪もまた四郎兵衛と同じ推察に立ち、それが建長寺に秘匿されていると考えているようだ。

その古坂玄堪が鎌倉に姿を見せるかどうか、戦いの決着は見えなかった。

湯に浸かって自らの衣服に着替え、さっぱりとした幹次郎が庫裏の板の間に戻ると、修行僧がいて一室に幹次郎を案内した。

四郎兵衛の部屋らしく、四郎兵衛と嘉藍導師が酒を酌み交わしており、一隅に膳の仕度ができていた。

「なんと」

「腹も空かれたことでしょう」

四郎兵衛が茶碗に酒を注ぎ、幹次郎に差し出した。

「禅寺で酒が頂戴できるとは努々考えもしませんでした」

「酒ではございません。般若湯《はんにゃとう》と申す薬酒にございます」

嘉藍が笑った。

「命を懸けて務めを果たされた者だけが呑める格別なものでしてな、禅宗の寺でもときに頂戴することがございます。まあ、嘘も方便《ほうべん》の類ですかな」

しれっとした顔の嘉藍が言い、試してみなされと幹次郎に勧めた。

幹次郎は勧めに従い、ゆっくりと一口含み、喉に落とした。

「結構な般若湯にございます」

「で、ございましょう」

幹次郎は茶碗一杯の般若湯をゆっくりと味わいながら呑んだ。

「神守幹次郎様、道慶老師がな、そなたの人柄に惚《ほ》れなされて、吉原はよき人物を得られたものと感嘆しきりにございました」

「導師、道慶老師とは昨日、藤沢からの道中、一時《いっとき》ごいっしょしただけにございます」

「建長寺派の管長ですぞ。人品骨柄《じんぴんこつがら》を見抜くのにどれほどの刻《とき》が要りましょうか。またそなたが文字通り命を張った奉公の数々を四郎兵衛様から聞かされておりましたからな、老師も拙僧も感心致しました」

「われら夫婦、吉原に命を拾われたのでございます。追っ手にかかる歳月と比べて、吉原の日々は極楽《ごくらく》浄土にございます」

「その人柄に老師が惹《ひ》かれなされたのじゃな、神守様」

幹次郎は、般若湯を呑み干した茶碗を伏せて、膳の前に身を移し、合掌すると箸を取り上げた。

粥ではなかった。

麦飯に里芋、大根、牛蒡《ごぼう》などをごま油で炒《いた》めたあと、豆腐を加えて煮込み、醤油味に仕立てたけんちん汁に沢庵《たくわん》三切れであった。建長寺汁がなまったと伝えられるけんちん汁がなんとも美味かった。心の籠った一椀一汁がなんとも馳走であった。一口一口嚙み締めて食し終えた。幹次郎が食する動作を見ていた嘉藍が、

「吉原というところ、歓楽の地と言いますが、かような人物を育てられましたか」

と呟いた。

「吉原の大門を潜られる客衆にとっては極楽の里にございましょう。一方、客への務めを果たす遊女衆には、ときに地獄と思える奉公かもしれませぬ。極楽も地

獄も見方次第と思い、われら、ふたつの架け橋になるように務めを果たしておるだけです」

と答えた幹次郎は、四郎兵衛を見て話柄を変えた。

「吉原の大事、この建長寺にて解決がつきましょうか」

「神守様、京から戻られたばかりの道慶老師には、ふた月余の不在に溜まった務めが待ち受けておりましてな、直に話し合うておりません。私も急ぎ道慶老師に会おうとは考えませんでした。神守様が寺に戻られたあと、いっしょにな、ゆっくりと道慶老師とは話し合うつもりでございました」

と答えた。

その語調の中に『吉原五箇条遺文』がこの建長寺に秘匿されていると、四郎兵衛も深く感じ取った気配があった。ために四郎兵衛は慌てることなく、道慶と話し合う時を待とうとしているのだ、と幹次郎は感じた。

「神守様、御広敷番之頭の古坂玄堪をこの鎌倉に呼び寄せたとか。参りますかな」

「呑込みの権兵衛からお聞きになりましたか。建長寺に『遺文』があるとみているならば、必ず姿を見せましょう」

「三日後と日限《ひぎり》を切られたそうな」

「はい」

「莉紅の騒ぎ以来、繰り返されてきた騒ぎの決着をこの鎌倉で着けるおつもりでございますか、神守様」

「吉原が存続するためにはそれしか策はございますまい。あの遊里を他人に渡してよいはずはございますまい」

四郎兵衛が大きく頷き、念を押した。

「鎌倉にふたりの刺客が残っておるのでございますな」

「天真一刀流の遣い手、伊賀平撫心斎に次郎輔の兄弟にございます」

「神守様、今晩から建長寺に逗留なされますな」

「身が血で穢れたそれがしを泊めていただけましょうか」

「そのほうが老師にも四郎兵衛様にも安心でございます。この座敷に控え部屋がついておりますよ」

嘉藍が許しを与えた。

「ならばもうひとつお願いがございます、導師」

「なんでございましょう」

「明朝より修行僧方の端に加えてもらい、座禅、作務をできるかぎり相勤めさせていただけませぬか。むろん毎日托鉢に出ること、托鉢のとき以外境内にとどまること、いずれも叶いませんが」

幹次郎はそう告げた。

「道着を用意させます、起床は七つの刻限です」

「承知仕りました」

その話でその夜の集いは散会となった。

幹次郎は、四郎兵衛の座敷の控え部屋で眠りに就くことにした。境の襖はわずかに開かれてあった。

最前の不寝番の修行僧が、湯に入るまで幹次郎が身に着けていた藍染めの衣とは違う一式を届けてくれた。

「お借り致す」

幹次郎は、合掌して受け取った。

「四郎兵衛様、それがし、夢のひとつが叶いました」

「禅修行ですかな」

「はい」

「神守様の日常は禅寺の修行に相通じます。剣禅一如《けんぜんいちにょ》、とも申しますし、なんの不都合もございますまい」

と四郎兵衛が答えていた。

「楽しみにございます」

四郎兵衛は、その言葉を最後に幹次郎の寝息を聞いた。


未明七つ、臨済宗建長寺派の大本山巨福山建長寺は目覚めた。

振鈴が雲水たちの起床を促し、幹次郎も目覚めると今や着慣れた藍染めの衣に身を包んだ。本堂に向かう幹次郎は寸鉄の武器も身に帯びていなかった。境内で襲われる可能性もないではなかった。相手は、牢屋敷の大牢に刺客を潜入させ、生きていては都合の悪い喬之助なる人物を殺めるほどの力を持つ者たちだ。

建長寺に潜入させるくらいさほど難しいことではあるまい。だが、幹次郎は、建長寺の境内では、できるかぎり行平などの刃《やいば》を身につけることはやめようと心に決めていた。

もし寺内で襲われた折りは、素手で立ち向かうだけのことだ、と覚悟していた。

藤沢の辻では六人の雲水が唱える読経に和す真似をしただけの幹次郎だった。

雲水方の読経の邪魔にならぬように瞑想《めいそう》し、ただ経を心に染み込ませるように聞いていた。

粥坐《しゆくざ》と呼ばれる朝食は、一椀の粥と沢庵三切れ。作法に従い、粛々《しゆくしゆく》と粥を食し、沢庵で器の汚れを拭い清めた。

日天掃除と呼ばれる境内の清掃に加わった幹次郎は、三門の内外を箒で丁寧に掃いた。ただ掃除する行為に没入していった。

幹次郎の神経の一部は、雲水の中に幹次郎を認めて鋭い視線で見つめる、

「眼」

と、

「殺気」

を感得していた。だが、幹次郎は、監視になんの反応を見せることもなく朝課を済ませた。

六つ半、雲水たちが縦列に並んで托鉢に出ていく光景を幹次郎は、三門前で見送った。

「ほーっ、ほーっ」

との声が巨福呂坂切通しへと消えていき、幹次郎は四郎兵衛の宿坊へと戻らず、

本堂の回廊の一角で座禅を組んだ。

むろん建長寺派の作法に則《のっと》ったものではなかったが、座禅は下谷山崎町《やまざきちょう》の津《つ》島傳兵衛《しまでんべえ》の道場でもなしており、流浪の日々にも禅宗の寺で雲水たちの姿勢正しい禅を真似てきた。だが、それはかたちばかりを真似た座禅であった。

幹次郎には、剣術にも禅修行にも基があり、順序に従い、間を取りながらかたちの中に心を込めて行うものだという考えしかない。流浪の旅の間に覚えた結跏《けっか》趺坐《ふざ》が建長寺派のそれに見合うものかどうか、知らなかった。

昨夜、四郎兵衛が、

「剣禅一如」

と唱えた考えは、宮本武蔵《みやもとむさし》によるものと覚えていた。

剣と禅の極《きわ》みが同じものとは幹次郎には思えなかった。

剣は畢竟《ひっきょう》、人を傷つけ死に至らしめる道具だった。身を守り、主を護るためと理屈をつけても人殺しの道具が禅と同じとは、とても思えなかった。所詮、一国の城主になり、覇者《はしゃ》に昇りつめるための道具に過ぎなかった。

幹次郎にとって剣は、

「吉原存続」

のための道具と心得ていた。

一方、禅が求める終局がなにか、幹次郎には察しもつかなかった。

人の気配を感じた。

幹次郎が静かに両目を開くと、道慶老師が立って幹次郎を見下ろしていた。

「場をお借りしております。作法は心得ませぬ、お許しください」

「神守幹次郎様、そなたの座禅は生半可《なまはんか》な雲水には真似もできませぬ。作法を知らぬどころか、すでに座禅が出来上がっておられます。拙僧、そなたのように潔くも爽《さわ》やかな座禅を見たことがございません。そなたが進む道に間違いがあろうはずもございません」

と応じた道慶老師が、

「あとでな、四郎兵衛様と茶を差し上げたい」

と言い残すと、姿が消えた。その残像があるうちに幹次郎はふたたび座禅に戻った。

第五章　禅寺の地蔵菩薩

一

吉原の五つ半は、美姫《びき》三千人が仮眠して独り寝を楽しむ刻限だ。ために大門前はどことなく長閑《のどか》だった。吉原出入りの鑑札《きって》を持った女髪結や物売りが出入りしているくらいだ。

どこの犬か、ふらふらと大門を潜り、遊里に迷い込んできて、金次が囃《はや》した。

「こら、野良公、とっ捕まえて食っちまうぞ」

「金次、五十間道裏の煮豆屋の犬だよ。たしか名は、金時《きんとき》といったはずだ。金時、金次に捕まって食われないうちに家に戻りな」

小頭の長吉がアカ犬に言った。

「煮豆屋の飼犬で、金時豆か」

「金時豆じゃねえや、金時だ」

「ふーん、金時、大門の中に入るときは銭を持ってくるんだよ」

アカ犬を大門外へと金次が追いやった。

「おーい、会所のおめえども」

面番所から南町奉行所隠密廻り同心の村崎季光が顔を出して、

「七代目が生きるか死ぬかというときに、えらくのんびりとした面をしておるではないか。そなたら、不人情極まるぞ」

「おや、村崎様。七代目は、柴田相庵先生の強い勧めで湯治に参られましてね、相庵先生の見立てだと五臓六腑がよくないのは、これまでの疲れが一時に出たとのこと、しばらく湯治場で静養すると治るとのご託宣に従ったのですよ」

「出立したのはいつだ」

「おや、ご存じございませんでしたか。善は急げってんで、昨夜のうちに品川《しながわ》宿《しゅく》に入られましてね、今ごろは神奈川《かながわ》宿辺りを箱根の湯治場に向かっておられましょうよ」

「おい、冗談も休み休み申せ。瀕死の病人が湯治じゃと」

「だから、柴田相庵先生の」

「まさか独りで湯治に行ったのではあるまいな、四郎兵衛の娘が従ったか」

「いえ、玉藻様はおられます」

「長吉、ならばだれが従ったのだ。あれだけの怪我人、いや、今は病人か」

「へえ、神守幹次郎様が従っておいでですよ」

「なに、裏同心が湯治の供じゃと。あやつ、剣術は少々できても病人の介護などできまい。それにあいつは、小体《こてい》な一軒家に引っ越したばかりであろうが、片づけもせぬうちに湯治行じゃと、おかしい」

最後は村崎同心が喚《わめ》いた。

「七代目がどうしてもと神守様をご指名なされたのでございますよ。わっしらも箱根ならばお供したかったんですがね。七代目のご指名では仕方ございません」

「四郎兵衛と神守幹次郎のふたり旅じゃと、どう考えてもおかしい」

「おかしいおかしいって、なにがですか」

長吉が長閑な顔で反問した。

「おかしいではないか、生きるか死ぬかの病人が用心棒だけを連れて箱根の湯治行だと」

「おや、村崎様は箱根がきらいですか、湯治はだめですか」

「箱根がきらい、湯治は嫌だなどとだれが申した。わしが言うておるのは、湯治にしては、いやにばたばたと出立したものだということだ。長吉、わしの目を節《ふし》穴《あな》と思うなよ」

村崎季光が長吉に凄《すご》んだ。

「えっ、だれかが旦那の目を節穴と言いましたか、やっぱりね」

「長吉、過日、神守に背負われて大門を潜った四郎兵衛は偽者という噂が飛んでおるのを知らいでか」

「おや、四郎兵衛様が偽者を仕立てる曰くがございますので」

「四郎兵衛と神守のふたりで湯治行はない。なんぞ企んでおるのだ、わしの勘が教えておる。それに相違ないわ」

村崎季光の怒鳴り声に門の外から答えた者がいた。

「さすが村崎様、伊達に長年吉原の大門に睨みを利かせてきたわけではございませんな」

「なんだ、番方。さようなところで聞き耳を立てておったか」

「聞き耳なんぞ立てなくても、村崎様の怒鳴り声は五十間道じゅうに響き渡って聞こえてますよ」

「大仰な」

「見てご覧なされ」

仙右衛門が五十間道を振り返った。すると外茶屋や門前に屯《たむろ》する駕籠舁きらが村崎同心を見ていた。

「なんでもないぞ、声が大きいのは地じゃ。仕事に戻れ、戻れ」

村崎が手を振って追い立てた。そして、

「番方」

と振り返ると仙右衛門の姿はなかった。

「逃げおったか」

村崎の言葉に金次が面番所を指した。

半分ほど開いた腰高障子の向こうで仙右衛門が茶を飲んでいるのが見えた。

「なんだ、おぬし。主の許しも得ぬと茶など飲みおって」

仙右衛門が、おいでおいで、と手招きをした。

「そのほうまで小馬鹿にしくさるか。七代目と裏同心はどこへ参ったのだ、番方」

仙右衛門が面番所の小者《こもの》らを見た。その眼差しに村崎が、

「そのほうら、外に出ておれ」

と表に追い出した。

「これでどうだ」

「鎌倉にございますよ」

仙右衛門がずばりと言った。

「なに、箱根の湯治ではのうて鎌倉に行ったというか。なんのためか」

「鎌倉五山のひとつ、建長寺は吉原と昔から関わりがございましてな。四郎兵衛様はこのたび、板倉道慶老師に進退の相談のために神守様おひとりを伴い、参られたのでございますよ」

仙右衛門は最初から四郎兵衛らの行き先を承知していたわけではない。

四郎兵衛からの差出人の名が記されていない書状を受け取った仙右衛門は、ふたりの行き先を鎌倉と初めて知ったのだ。

「なに、七代目が身を退《ひ》くじゃと。となると八代目はだれか」

村崎同心は、四郎兵衛の進退うんぬんより八代目の頭取を気にかけた。なにか心中に魂胆がありそうだ。

「それはまだなにも」

「決まってないと申すか」

「身を退く者が跡を継ぐ者を指名するようでは、七代目の院政《いんせい》などと廓内でかしましいことでございましょう。四郎兵衛様が身を退かれるときは、立つ鳥跡を濁《にご》さず、とさっぱり隠居なされましょうな」

「会所は大変ではないか」

「わっしらは、新しい八代目頭取に淡々とお仕えするだけでございますよ」

「ふうーん。それでいつ戻る」

「身を退くと心が定まれば、早々に江戸に戻って参られるか。あるいは江の島から箱根なんぞに湯治に参られて、帰りはひと月後になるやもしれませぬよ」

「なんとも頼りない話じゃな、七代目が不在の間に大事が起こったらどうする」

「それはもう面番所の村崎様の出番にございますよ、存分に腕をお振るいくださされ」

「会所はそれでよいのか」

村崎同心がにんまりとした。

「むろん、わっしどもは村崎様が頼りにございますよ」

「こまねいているわけにもいくまい。できるかぎりの助勢をなす」

「面番所と会所は一心同体ではないか。会所の非常事態に面番所のわれらが手をこまねいているわけにもいくまい。できるかぎりの助勢をなす」

「有難いことでございます」

「となれば、それがし、吉原の御用に専念できるように仕度がいる。しばし他出してくるがよいな」

「おや、八丁堀《はっちょうぼり》にお帰りにございますか」

「そうではない。急ぎの用事を思い出したまでじゃ、それを片づけてな、しっかりとこちらの御用に専念したい」

「さすがは村崎様、ふだんから覚悟ができておいでだ。新任のお奉行様に宜しくお伝えくだされ」

「隠密廻り同心風情がお奉行に直に会えると思うてか。なにごとも、上役《うわやく》を通じての手続きじゃ」

と応じる村崎同心に、

「渋茶を馳走になりました」

と茶碗を村崎に返した仙右衛門が面番所を出ると会所にさっさと戻った。そのあとに村崎同心が慌てて姿を見せて、大門前に待つ駕籠舁きに、

「駕籠屋、御用の筋である」

と横柄《おうへい》に命じて乗り込もうとした。

「村崎様、御用の筋って、まさかただ乗りではねえよな」

「なにを申すか。代金は会所から頂戴せえ」

「えっ、会所から駕籠代をもらうのかい。ちょいと聞いてくる」

大門前で屯する駕籠勢《かごせい》の先棒が会所を訪ねると、

「吉《きち》さんよ、数寄屋橋《すきやばし》の往復くらいあとでうちが払うよ」

「おや、番方、村崎様の行き先はお見通しか」

「ああ、なんぞおかしな行動を取るようなれば、その割増しもつけるよ。精々村崎様にへばりつきな」

「合点承知だ。あとでよ、逐一《ちくいち》村崎様の道行きは報告しますぜ」

吉五郎《きちごろう》がにんまりとして大門前に戻った。

「村崎同心、急に南町にご注進とはなんですね、番方」

小頭の長吉が尋ねた。

「四郎兵衛様と神守様の行き先を聞かれたから鎌倉と答えたのさ」

「えっ、おふたりは箱根の湯治ではのうて、鎌倉に参られたのでございますか」

「どうやらそうらしい。村崎様に、四郎兵衛様が進退について鎌倉のさるお方に相談に参られたと囁いたら、あの急ぎようだ。新任の奉行にごますりをしようって魂胆だな」

「番方、七代目の病はやはり重篤でございますので」

「進退伺いのことかえ、小頭」

「へえ」

仙右衛門が長吉ら会所の若い衆を見回し、

「よく聞いてくれ。四郎兵衛様と神守様が鎌倉に行かれたのは、進退についての相談なんかじゃない。このところ吉原にあれこれと手を替え品を替え、襲いかかる危難について確かめることがあって参られたのだ。それ以上のことはわっしも知らぬ。村崎様に鎌倉へ進退について相談にと申し上げたのは、どう動きなさるか、その反応が知りたかったからだ。四郎兵衛様のくすぐりに乗っかってよ、早々に村崎様は動かれた」

「えっ、南町奉行所が一連の騒ぎの背後に控えているのかえ」

「金次、町奉行なんて下っぱよ。だが、なんらかの関わりがあることだけはたしかだ。四郎兵衛様方の行き先は、すでに相手も承知のことだ。そこでわっしが正直に行き先を鎌倉と伝え、進退の相談とまで付け加えたのだ。その言葉にひっかかって、四郎兵衛様と神守様が留守の間に、吉原に新たな出来事は起こるまい。あちらのほうに主力を置いているのだからな」

「となると、怪我が治ったばかりの七代目のお供の神守様は、おひとりで大変だ」

「ああ、わっしらもどうにも手が出せない。せめて吉原にだけはなにも起こってはなるまい。気を引き締めてくれ」

仙右衛門が長吉らに命じた。


建長寺の庭園は、夢窓疎石国師《むそうそせきこくし》が手がけたと伝えられる禅宗寺院の庭造りで、その一角に茶室が設けられてあった。

地獄谷のおどろおどろしい処刑場の雰囲気は一変し、臨済宗の信仰の場であり、修行の場である静謐《せいひつ》な雰囲気が漂っていた。

茶室には、板倉道慶老師、四郎兵衛そして神守幹次郎の三人がいるのみだ。道慶の点前《てまえ》で一服したふたりに、道慶が言い出した。

「四郎兵衛様、明暦二年以来、建長寺には二代目庄司甚右衛門様より託された文書が伝えられてきました。このことを知るのは代々の建長寺管長だけにございますよ」

「やはり『吉原五箇条遺文』副書はこちらに伝わっておりましたか」

四郎兵衛が安堵の声を漏らし、

「鎌倉に来た甲斐がございました」

としみじみと言い、続けた。

「庄司家の墓所も建長寺にございますので」

『遺文』があったことがはっきりして四郎兵衛は安心し落ち着きが出たのであろう。

「あります」

道慶が答え、しばし間を置いた。

「無縁墓地になって久しく、昨年までの五十有余年、墓参りに来られたお方はだれひとりとしてございませんでした」

「庄司家が吉原と縁を絶ったとほぼ同じころにございますな。私どももこちらに庄司家の墓があると聞くなれば、法会をなしたものを」

四郎兵衛の悔いに道慶老師が首肯し、

「四郎兵衛様、一年ほど前のことです。だれも訪れなくなって久しい庄司家の墓に線香と花が手向《たむ》けられるようになったと報告がございました」

とこちらも話を転じた。

「ほう、で、墓参りに来られるお方がこちらで法要を願ったことはございませんのですか」

「ございません。また、いつどなたが墓参りに見えるのかだれも見た者はございません。そのようなことが一年ばかり続きましたあと、当代の庄司甚右衛門様と名乗られるお方が拙僧に面会を求められました。つい三月《みつき》前のことでございますよ」

四郎兵衛の体に緊張が走った。

「お武家様にございますな」

「いかにもさようです」

「紋所《もんどころ》は八つ梅の真ん中に忘八《ぼうはち》の文字」

四郎兵衛の返答は明確で、畏怖《いふ》が込められていた。

「はい、かような紋所は他家にはございますまい」

忘八とは、

「孝《こう》、悌《てい》、忠《ちゅう》、信《しん》、礼《れい》、義《ぎ》、廉《れん》、耻《ち》」

の八つの徳を忘れるほどに面白く遊ばせる遊里のことであり、忘八とは妓楼の主を意味した。八つ梅とは道徳の一つひとつのことだ。

「して、当代の庄司甚右衛門様の用向きはなんでございましたでしょうか」

「わが先祖が長年お預けしていた『吉原五箇条遺文』をお戻しいただきたいとの言葉にございました」

なんと、と四郎兵衛が驚愕の言葉を漏らした。

「お渡しになられましたのでございますか、老師」

「庄司家の当代の願いにございます、無下《むげ》に断るわけにもいきませせぬ」

「手遅れでございましたか」

四郎兵衛が呻いた。

道慶の視線が幹次郎にいった。

「お渡しになられた『遺文』は偽書にございましたか」

「ほう、どうしてそう考えなさる」

「敵の手に渡ったのが真正な『吉原五箇条遺文』副書なれば、この三月に限っても、吉原に降りかかった危難の数々の曰くが知れません。当代の庄司甚右衛門と称する人物、道慶様から渡された『遺文』が偽書であることに気づいた。ゆえに力ずくで吉原を乗っ取ろうと幾たびも刺客を送り込んできたのではございませんか」

「神守様、おそらくそなたのお考えが当たっておりましょうな」

「老師、こちらには最初から偽書しかなかったのでございましょうか。それとも老師がほんものは残して、偽書をその御仁に渡されたのでございましょうか」

「四郎兵衛様、明暦二年に預かった『吉原五箇条遺文』は、時代時代の吉原の総名主と吉原会所頭取のふたりが揃って願うことが、吉原に戻す条件にございました。ゆえに庄司甚右衛門と名乗る人物には、二代目の庄司甚右衛門様が用意された偽書をお渡し致しました」

「よかった」

「とは申せ、四郎兵衛様、そなたひとりでは当寺にある『吉原五箇条遺文』はお渡しできかねますぞ」

四郎兵衛が懐から一通の書状を道慶老師に差し出し、

「そのようなことがあろうかと持って参りました。三浦屋四郎左衛門様が私に託された委任状《いにんじょう》にございます」

と言った。

「さすがは代々吉原を仕切ってこられた両輪、用意周到にございますな」

と言いながら受け取った道慶は四郎左衛門の委任状を読み、

「たしかに」

と応じた。

「ただし、『吉原五箇条遺文』を四郎兵衛様の手に戻すには、いささか手続きがございましてな、二日後の夜半九つ（午前零時）、仏堂の地蔵菩薩様の前でお返し申します。それまでお待ちいただけますか」

「ほう、さような取り決めが二代目庄司甚右衛門様から願われておりましたか」

「いえ、大事な書付ゆえ、建長寺の作法に従い、いささか決めごとをなす次第でございますよ。お待ちになれますな」

「待ちます」

と元気を取り戻した四郎兵衛が答えた。こうしてふたりの建長寺での日々がさらに続くことになった。

二

その夜、幹次郎は道慶老師の許しを得て仏殿外の回廊にて座禅を組んだ。

修行僧たちは、五つ半の消灯後、思い思いの場所で夜坐と呼ぶ座禅修行を続けていたが、幹次郎もそれに倣ってのことだ。

だが、九つ半には、結跏趺坐を解き、四郎兵衛の宿坊に戻ると、床に入った。

一刻半後には、振鈴で起こされ、建長寺の一日が始まるのだ。

幹次郎は、読経のあとも修行僧の日課に従い、粥坐、日天掃除をこなし、六つ過ぎの刻限、本日は托鉢に出かける雲水に従い、鎌倉の町へと出ていった。

その姿は半刻後、独り、小坪湊にあった。

そろそろいたちの豆造が江戸に戻り、古坂玄堪に幹次郎の言葉を伝えた時分だ。となると、古坂玄堪は、江戸から鎌倉まで駆けつけねばならなかった。

幹次郎が指定した日程は三日と限られていた。ために四郎兵衛が押送り船を利用したように陸路よりも江戸から早船を仕立てて、鎌倉に入ることも考えられた。

そこで幹次郎は、雲水姿で建長寺を出て、小坪湊の友造船頭に会いに来たのだ。

友造は、建長寺の雲水が訪ねてきたというので、首を傾げながら戸口に姿を見せたが、合掌した雲水が饅頭笠を上げると、

「うっ」

と言葉を詰まらせ、神守幹次郎様か、と驚きの声を上げた。

幹次郎は、友造に願いごとをなすと、合掌をして鎌倉の町へと戻っていった。

その背を友造が見送りながら、

「吉原会所の侍は、神出鬼没じゃな」

と感嘆の言葉を漏らした。

独りになった雲水姿の幹次郎は、若宮大路に戻ると段葛の左側を口の中で習い覚えた経文の一節を繰り返し唱えながら一の鳥居へと歩いていく。するとすれ違う町の衆が合掌したり、小銭を頭陀袋に入れてくれたりした。

二の鳥居を潜った辺りで幹次郎雲水は、背後に従う者の「眼」を感じた。

古坂玄堪にしては早い。となると、残るは古坂が放った伊賀平撫心斎、次郎輔兄弟と思えた。

この日、雲水姿の幹次郎は、金剛杖も刀も携帯していなかった。

白昼の都で刺客が襲うことはあるまいという考えだけで動いていた。いや、雲

水が防具を持つのはおかしかろうとの考えで決めたことだった。

刺客との間合が段々と詰まってきた。

(ひょっとしたら)

殺気を感じた幹次郎は、路地に入り、小町通《こまちどお》りに出た。

遠くに托鉢する雲水の一行を認めた。幹次郎のほうに進んできていた。

幹次郎も歩を緩めることなく、托鉢する雲水一行の前を歩いていった。

背後の「眼」との間合がさらに詰まった。

雲水一行までにはまだ半丁（約五十五メートル）以上の間があった。

殺気が迫った。

幹次郎は、くるりと背後を見た。
五、六間（約九〜十一メートル）近くにいる塗り笠の下に髭面《ひげづら》の若い顔があった。
「なんぞ御用かな、伊賀平次郎輔どの」

「おのれ、偽雲水め」

「建長寺の藍染めの衣に身を包んでおるかぎり一修行僧、雲水にございます」

「抜かせ。神守幹次郎。仲間たちの仇を討つ」

「それを申されるならば、吉原会所を潰さんと、七代目頭取の四郎兵衛様を襲い、またこれまで多くの人々の命を絶ってきた古坂の罪咎を糺《ただ》されるのが先にござろう」

伊賀平次郎輔が刀の柄に手を掛け、鯉口《こいぐち》を切った。

雲水一行とは未だ間があった。

幹次郎は素手の右手を差し出し、半身に構えた。

次郎輔の日にやけた顔が見る見る紅潮し、踏み込もうとした瞬間、

「御布施《おふせ》にございます」

と声がして、濡れた手に銭を持った豆腐屋のおかみさんが幹次郎に差し出した。

幹次郎は沈黙のままに合掌すると、頭陀袋に銭が入れられ、伊賀平次郎輔が一瞬、間合を外され、立ち竦んだ。

「次郎輔どの、今夜半九つ、大仏坂切通しにて待ちまする」

と囁いたとき、雲水の一行が幹次郎の傍らを通り過ぎようとした。

幹次郎は、豆腐屋のおかみさんに一礼すると、雲水一行に加わった。

立ち竦んだままの伊賀平次郎輔をその場に残した雲水一行は北を目指して托鉢しながら遠ざかっていった。

この昼下がり、雲水姿からふだんの形に替えた幹次郎は、四郎兵衛の供で建長寺の奥山、勝上嶽《しょうじょうけん》への山道を辿っていた。この頂きから百八《ひゃくはち》やぐらを右手に見て、鷲峰山《じゅぶせん》、大平山《おおひらやま》へと尾根が続く。

四郎兵衛の怪我の快復のために近辺を歩いて足腰を鍛えようという心積もりだ。

四郎兵衛は長吉が古竹で拵えた竹杖をついて足元を旅の草鞋で固めていた。握り手の下に幹次郎が彫った文字、

「為七賢老師　会所一同贈」

があった。

高さが増すにつれ、相模灘が見えてきた。

初冬のせいか大気は澄み渡り、煌《きら》めく海の向こうに遠くの山並みが遠望できた。

「ふだん動きもせず玉藻が作る食べ物に注文をつけるばかりで、心身ともに鈍《なま》っておるのがこうして山歩きするとよう分かります。体も頭も使わぬといけませんな」

「長吉どのの拵えた杖をつく姿が段々と様になってきました」

「杖が様になるようでは終わりです」

「いえいえ、杖の助けを借りて歩かれる足取りがしっかりとしてこられました」

「さようですか」

と四郎兵衛が応じ、

「たしかに建長寺に世話になり、気分が爽快になりました。粥が体によいのでしょうかな」

「われら、日ごろ、贅沢な食べ物を過剰に摂り過ぎておるのかもしれませぬ。禅寺では日に二度粥坐だけにございますが、雲水方は足腰もしっかりなされて声にも張りがございます」

「鍛え上げられた読経の声にこちらも力が蘇るようです」

「それはなにより、日一日と丈夫になっていく証しです」

杖をつきながらも一刻ばかり尾根を歩き、また建長寺への下り道に差しかかった。

すると伊賀平次郎輔が山道の岩に腰を下ろしているのが見えた。手には五尺五、六寸（約百六十七〜百七十センチ）ほどの手槍《てやり》を握っていた。穂先は平たい両刃で先端は鋭利《えいり》に尖っていた。

「なんぞ御用か。そなたには最前、今夜半、大仏坂の切通しにてと願ったがな」

「兄者が言うには、吉原会所の用心棒などひとりで十分、そなたが行け、そなたが斃された折りには兄が骨を拾うと叱られた」

「この場で立ち合いを所望《しょもう》か」

「どちらが斃れようと寺領内、始末には困るまい」

幹次郎は四郎兵衛を振り返った。

「神守様、かような者と話されたことは申されませんでしたな」

「四郎兵衛様を無駄に心配させることもありますまい」

「このお方、古坂玄堪の刺客のひとりにございますな」

「いかにもさよう、この方の兄が天真一刀流の達人、伊賀平撫心斎どのにございます」

「そのほう、五郎平と七吾郎を始末したな」

岩場から立ち上がりながら、伊賀平次郎輔が幹次郎に念押しした。

「釈迦堂口切通しの破れ家にて相見《あいまみ》えました」

「従兄弟ふたりを殺したか」

「いや、手傷を負わせただけだ。もはやそなたらの助けにはなるまい」

どこぞで舌打ちした気配を幹次郎は感じ取っていた。次郎輔の戦いを見守る者がいるとしたら、兄の撫心斎しかあるまい。

「わしは憐憫《れんびん》など持ち合わせておらぬ。生きるか死ぬかの勝負を所望」

と言った次郎輔は、破れ笠の紐を緩めると背中に垂らした。そして、手槍を虚空に放り投げた。

落ちてきた手槍の柄を摑んだ次郎輔は穂先を幹次郎に向けた。

いつの間にか柄の両端に薄刃の穂先が光っていた。ために手槍の長さは六尺余になった。

手槍は正しくは小槍《こやり》という。

戦国時代、長柄《ながつか》の槍が用いられたが、平時になって長槍は大名行列の飾りとなり、狭いところでも使えるように実戦的な小槍が普及していた。

幹次郎は、相手の手槍を見て眼志流居合術を捨て、腰の行平の鯉口を切りながら、

「四郎兵衛様、御検分《けんぶん》を」

と願い、静かに抜いた。

「流儀はいかに、次郎輔どの」

「天真無辺流槍術《むへんりゅうそうじゅつ》」

と応じた次郎輔は、右手一本で柄の中ほどを保持した手槍を回転させ始めた。たちまち回転の速度が上がり、六尺余の光の円を頭上に描いた。

幹次郎は、このような手槍との対決は初めてのことだった。

狭い山道を回転する手槍が塞ぎ、その上には木の枝が覆い被さっていた。ということは薩摩示現流も使えなかった。

正眼《せいがん》の構えを幹次郎は取った。

両者の位置は、幹次郎がわずかに坂上にいた。間合は一間半（約二・七メートル）、どう手槍の動きが変化するか、幹次郎には読めなかった。

回転する手槍がいきなり伸びてきた。手槍の遠心力を利して、柄を摑んだ手を滑らせ、踏み込みながら穂先の一端を幹次郎の喉元へと伸ばしてきたのだ。

両刃の穂先の突きが喉元を襲った。

幹次郎は、行平で弾いた。それを予期していたように、

すいっ

と手繰《たぐ》ると、次郎輔は打ちに変えた。

目まぐるしいほどの自在にして玄妙《げんみょう》な槍刺しで、両刃が横手に流れて襲いきた。間断のない迅速な動きに背に垂らした破れ笠が音を立てた。だが、次郎輔は、

委細《いさい》構わず攻め立てた。

幹次郎は、打ちから横手流しの斬りつけを丁寧に払った。それでも次郎輔の勢いに押されて山道を上へと退かざるを得なかった。

山道の路傍で四郎兵衛がふたりの戦いを驚きの目で見ていた。

緩急《かんきゅう》のない動きには、どこかで、

「間」

が生じるはずだ、と幹次郎は感じていた。

幹次郎は、覆い被さった枝葉の間から光が当たったのを感じた。

頭上に空が広がっているからだ。

ふわり
と幹次郎の体がいったん沈み、反動もつけずに虚空に垂直に飛翔した。

動きの変化を見た次郎輔が、上方へと穂先の狙いを移し、下降してくる幹次郎を串刺しにする構えを見せた。

幹次郎は行平を虚空に突き上げると、下降とともに振り下ろした。

「ござんなれ」

と次郎輔が落ちてくる幹次郎の体に狙いを定めた。だが、次郎輔が予期せぬことが起こった。

両手に握られていた幹次郎の行平が振り下ろされる反動を利して、刀の柄から両手が放れたのだ。

幹次郎の手を放れた行平は、虚空を斜めに切り裂いて手槍で突こうと構えた次郎輔の胸部に突き立った。

「ぐっ」

と伊賀平次郎輔の体が竦み、しばしその構えのままに立っていた。

幹次郎は、その次郎輔の傍らに、
ふわり
と下り立った。

「伊賀平撫心斎どのが配下、三人目を倒したり」

幹次郎が山道の一角から戦いの推移を見張る頭目に告げ知らせた。

傍らの次郎輔の体がよろめいた。

幹次郎は片手で支え、もう一方の手で行平を次郎輔の胸から抜くと山道に体を横たえさせた。

「ふうっ」

四郎兵衛が息を吐き、近くにあった岩に腰を落とすように座り込んだ。

「お待たせ致しました」

幹次郎は行平に血振りをくれ、鞘には納めず四郎兵衛を立たせると、先導するように山道を下り始めた。撫心斎が襲いくる可能性があったからだ。

「相手は亡くなりましたな」

「はい」

「ならば嘉藍導師に願い、亡骸を引き取って弔いを致しましょうかな」

「おそらくあの場に人を遣わしたとしても、兄の撫心斎どのが弟御の亡骸を運び去っておりましょうな」

「えっ、あの場に兄がおったのでございますか」

「撫心斎は、古坂玄堪に弟を含む三人を犠牲にしても、必ずそれがしを斃せと命じられているのでございましょう。手勢として壱海兄弟を失った撫心斎どのは、弟を失う覚悟でそれがしの技量を見定めたものと思えます」

「なんと非情な」

「かの者たちの生き方にございます」

幹次郎は山道の途中の湧水《ゆうすい》が落ちている場所で足を止めた。

「しばしお待ちくだされ」

冷たい湧水で行平の血糊《ちのり》を洗い、浄《きよ》めた。濡れた刃を手拭いで軽く拭うと、ようやく鞘に納めた。

「お待たせ申しました」

「今宵九つ、神守様は、伊賀平撫心斎どのとの戦いに臨まれますな」

「約定でございますれば」

しばし沈思していた四郎兵衛が、

「神守様が命を張られるほど、吉原に価値があるやなしや」

と呟いた。

「庄司甚右衛門様以来、御免色里の吉原が百三十有余年続いてきたにはそれなりの意味があるのでございましょう。後世の人が、もはや要らぬと申されるときまで、私どもはそれを守り抜いて伝えるだけでございますよ」

「神守様に重荷を負わせましたな」

「務めにございます」

四郎兵衛と幹次郎が山道を下り、建長寺の墓地を見下ろせるところまで戻ってきたとき、古びた作務衣を着た男が幹次郎を見て、ぺこりと頭を下げた。

呑込みの権兵衛だった。

「どうだな、続けられそうか」

「この寺でなんぞ役に立つならば、わしの残った命を捧げたい」

「それはよかった」

幹次郎はどこか寒々としていた心に温もりを感じ取った。

「神守様、血の臭いが」

「感じられたか。山道でな、伊賀平次郎輔どのの待ち伏せに遭《お》うた。じゃが、互いの立場は抜きにして、剣者同士の尋常の勝負であった」

「庫裏に申し、次郎輔の亡骸を引き取りましょうか」

「いや、近くに兄者の撫心斎どのが潜んでおられた。ゆえにその要はあるまいと思う。そなたは、古坂玄堪一味に居場所を知られてはならぬ。この寺領から決して離れてはならぬぞ」

幹次郎の言葉に権兵衛が頷いたとき、海の方角で爆竹《ばくちく》の音のようなものが響いて、三人が見ていると、空に狼煙《のろし》が上がった。

「四郎兵衛様、権兵衛、古坂玄堪が海路で鎌倉に姿を見せました」

「おや、あの狼煙はその合図にございますか」

「小坪湊の友造船頭どのに願い、海から来る船を見張ってもらっておったのです。古坂玄堪は鎌倉に誘い出されましたぞ」

「ということは、この鎌倉で吉原の決着をつけることになりますか」

四郎兵衛の言葉に頷いた。

「いたちはどうしておるか」

権兵衛が呟いた。その声音には密偵仲間を案じる気持ちがあった。

「古坂玄堪をそれがしと四郎兵衛様のところまで導く道案内人じゃ、必ず古坂のもとに生きて従っておろう」

「わしを助けたようにいたちを助けてくれぬか。いたちの豆造も御広敷番衆を務めるには、いささか歳を取り過ぎておるでな。できることとなれば、身を退かせたいのだ」

「できるかどうかやってみよう」

「わしも手伝う」

「ならぬ。そなたがこの寺領でじいっとしていることが、それがしが豆造を古坂玄堪のもとから救い出す条件じゃ」

しばし考えた権兵衛がぺこりと頭を幹次郎に下げ、庭仕事に戻っていった。

四郎兵衛が宿坊に向かいながら、

「古坂玄堪の一味はどれほどの人数にございましょうかな」

「御広敷番之頭が江戸を離れるのはなかなか難しゅうございましょう。となれば密かに江戸を離れたはず、手勢は多くはございますまい」

「伊賀平撫心斎どのと合流しますかな」

「さあて、どうでしょう」

幹次郎が首を傾げた。伊賀平撫心斎は、いったん破れ家を訪ねたにしても、もはやそこにはいまいと考えていた。

三

神守幹次郎は、ふたたび大御堂ヶ谷にある釈迦堂口切通しの破れ家に向かっていた。その前に釈迦堂に立ち寄った。

嘉藍導師から、この釈迦堂は三代執権北条泰時《やすとき》が父の義時《よしとき》の供養に建立したもの、と聞かされて訪ねたのだが、破れ家同様に傷んでいた。

幹次郎は、小田原北条家所縁《ゆかり》の者、庄司甚右衛門の名を告げて、その敵が吉原を揺り動かすことがないように、どうか平穏な遊里に戻るようにと祈願して破れ家に向かった。

壱海五郎平、七吾郎兄弟らと戦いをなしてから長い日にちが過ぎたようであった。だが、わずか二日前のことだった。

破れ家の中はあの戦いのあとのままで、伊賀平撫心斎と弟の次郎輔が寝泊まりした痕跡はなかった。

すでに古坂玄堪が放った剣術家の刺客四人は、壱海兄弟、伊賀平次郎輔と三人が戦線を離脱したり、あの世に旅立ったりしていた。

残るは強敵、伊賀平撫心斎ひとりだ。それと新たに鎌倉に到着した古坂玄堪の連れだった。

明晩九つには、建長寺管長の板倉道慶老師が、四郎兵衛に『吉原五箇条遺文』を渡すことが決まっていた。

すべての決着はそれまでにつけねばならないと幹次郎は、吉原裏同心の矜持《きょうじ》にかけて胸に誓っていた。

まずこの破れ家にいたちの豆造が古坂玄堪を案内してくるかどうか。幹次郎は、囲炉裏に粗朶をくべて火を燃やし、破れ家の灯り代わりにした。火箸で灰を均《なら》し、幹次郎の手の届くところの灰に突き立てた。

鉄瓶に水を汲み入れて自在鉤に掛け、行平を座した傍らに置き、粗朶が爆ぜる音を聞いて、その時を待った。

夕暮れが近づいてきた。

破れ家の前に人の気配がした。格別に足音を消しているような様子はない。

不意に戸口が引き開けられ、人影が土間に入り込んできて、しばらく幹次郎を眺めていたが、

「てめえか」

と呟いたのは金棒《かなぼう》を手にした巨漢だった。

その背後から細身の男が、そよりと姿を見せた。こちらは着流しで片手を襟の中に突っ込み、黒絹の小袖を粋に着込んで、首に紅絹《もみ》を巻いて背中に垂らしていた。

「過日、江戸小伝馬町の大牢にて喬之助なる入牢者を殺めたふたり組のようだな。鎌倉まで何用か」

「吉原の用心棒はなんでも承知だぜ、兄い」

巨漢が鼻でせせら笑った。

「その折り、与助と五郎という名で牢名主を黙らせたようだが、どうせ本名ではあるまい。どのような手妻《てづま》を使ったか教えてくれぬか。それとも名無しであの世に旅立つか」

「ちえっ」

と巨漢が舌打ちした。

「物の道理を知らないにもほどがある」

「御広敷番之頭古坂玄堪とは、それほどの威勢を持つ者か」

「生半可の物知りがいちばん厄介だぜ。兄い、こやつをよ、水甕に顔を浸けて溺れさせるか」

巨漢が水甕に向かって顎をしゃくり、細身に願った。

細身が、すいっと巨漢から間を横手に開けた。ふたり連れで殺し屋稼業を長年務めてきたか、ふたりの体から血の臭いが漂ってきた。

「そのほうらが殺した喬之助はもしや仲間だったたか」

幹次郎の言葉にふたりはしばし黙っていたが、

「死ぬ前に聞いてどうする」

と細身が囁くように言った。

「あいにくとそれがし、なんでも知りたがる癖があってな」

「悪い癖だ、早死にするぜ」

と巨漢が応じて、

「喬之助は本名よ」

「本名な、当てにならぬな。少なくとも武家方じゃな」

「お頭の嫡子《ちゃくし》の古坂喬之助は、お頭の後釜をよ、いささか急いで狙い過ぎ、親父様に始末される破目になったのさ。頼りにしていた仲間が嬲《なぶ》り殺しに遭ったあと、牢屋敷に逃げ込んだのが後の祭り、運の尽きだ」

「古坂玄堪は嫡子を殺してまで、御広敷番之頭に執心《しゅうしん》か」

「お頭は城中の闇天下を牛耳《ぎゅうじ》る唯一無二《ゆいいつむに》のお人よ、あとは」

と言いかけた巨漢の口を細身が、

「その先はやめておけ」

と止めた。

「兄い、どうせこいつは死ぬ身だぜ」

巨漢が金棒を左手一本に構えた。

鉄輪《かなわ》がじゃらじゃらと鳴り、粗朶が爆ぜた。

幹次郎は、傍らの行平に手は掛けなかった。その代わり爆ぜる粗朶を火箸で摑むふりをした。

細身が襟口に入れていた手を抜いたのと、幹次郎の手首が返って火箸を投げ打ったのが同時だった。

南蛮渡来の短筒の銃口が幹次郎に向けられ、引き金に力を入れようとした瞬間、火箸が飛んできた。

細身は引き金を引くか、火箸を避けるか迷った。その迷いが命取りになった。

先が熱くなった火箸が絹の小袖の胸に突き立った。

「う、うっ」

押し殺した声が漏れて土間に崩れ落ち、引き金を引いたか、破れ家に銃声が響いて天井を銃弾が射抜いた。

「やりやがったな」

巨漢が金棒を振りかざして土間から囲炉裏端に飛び上がってきた。

そのとき、幹次郎の手はもう一本残った火箸を摑んで投げ打っていた。火箸が巨漢の喉元に刺さり、巨漢は動きを止めて、立ち竦んだ。

「山東京伝どのの弟子歌三どのの殺し、許せぬ」

と幹次郎が吐き捨て、

「うじ虫のそなたの命を絶つに豊後行平は勿体ないわ」

と幹次郎が漏らした。そして、浅草奥山の出刃打ち芸人紫光太夫《しこうだゆう》に出刃投げの手解《てほど》きを受けたことを胸中で感謝した。

古坂玄堪は、このふたりの他に何人手下を連れてきたか。いたちの豆造はどこにどうしているのか、幹次郎はしばし破れ家に残り、時を過ごした。


浅草田町一丁目の柘榴の家から賑やかな声が漏れていた。

汀女が左兵衛長屋の面々と、柴田相庵とお芳を招いて宴の席を設けたのだ。

江戸は昼間から寒さが募っていたが、夕暮れになると、ちらちらと白いものが夜空から落ちてきた。すると、玉藻と甚吉が柘榴の家を訪れて、宴に加わった。

料理茶屋も寒さのせいか、そう客が来る様子はないというので、早仕舞したとか。

柘榴の家は、八畳間二間の襖を取り払い、あるだけの火鉢を入れたためと人いきれで部屋の中に寒さは感じなかった。

「姉様、これでよ、幹やんがいるともっと賑やかじゃがな、四郎兵衛様の供で湯治なんぞに行くからよ、祝いの席におることができぬ。日ごろの行いが悪いせいかのう」

「甚吉さん、うちの大事な亭主どのの悪口は、この際、よしてくださいな。幹どのの働きでかような家に住まわせてもらえたのです」

「それはそうじゃが、今晩なんぞ姉様とおあきのふたりの女だけじゃろうが。だれぞが悪さしようと忍び込んでくるぞ」

「甚吉さん、姉様は、この私が筑紫薙刀《つくしなぎなた》の遣い手ということをお忘れか」

「おお、姉様は、十一、二のころより小薙刀を習うておいでじゃったな。じゃが、久しく薙刀など持っておるまい」

「幹どのには内緒ですが、浅草阿部川町《あべかわちょう》に薙刀の道場があるのを見つけて、ときに通うております。甚吉さん、錆《さ》びついた腕は元通りになっておりますよ。怪しげな男のひとりやふたり、神守汀女が退治してご覧に入れます」

と汀女が秘密を明かした。

「おお、それは心強い」

「それに幹どのがおらずとも、立派な殿方がおりますぞ」

「うーん、男衆を雇ったか」

甚吉が、駆けつけ三杯、とばかりに呑んだ酒で早いい気分になったか、辺りを見回した。すると、火鉢の傍らに子猫の黒介が丸まって眠り込んでいた。

黒介はおりゅうら、大勢の人にかまわれて嬉しくてしようがなかったらしい。だが、急に疲れが出たか座布団の上で丸まって眠っていた。

「あれが男衆か」

「はい。この柘榴の家に先住の子猫様です」

ふーん、と甚吉が鼻で笑い、猪口の酒をくいっと呑み干した。

「四郎兵衛様が早う元気になるといいがね」

左兵衛長屋の差配の左兵衛が玉藻に言いかけた。

「左兵衛さん、湯治は七日ひと巡りと申します。お父つぁんは、ふた巡りも湯に浸かって体を休めれば怪我の予後《よご》も五臓六腑の疲れも取れましょう」

この場の大半の者が四郎兵衛と幹次郎が箱根か熱海辺りに湯治に行っていると考えていた。そこで、玉藻もそう答えた。

「そりゃ、半月も温泉に浸かっていれば元の七代目に戻りますよ。ねえ、相庵先生」

いい気分に酔ってとろんとしていた相庵は、おりゅうに名指しされて、

「だれのことか。わしは居眠りなどしておらぬぞ」

「相庵先生のことじゃないわよ。会所の七代目の湯治ですよ」

「おお、治るとも。なにしろ柴田相庵が手掛けた怪我人じゃからな、あと十日もすれば、元気なふたりが吉原に戻ってくるとも」

と相庵が応じて、

「そんなことより汀女先生、柘榴の家じゃが、なかなか凝った家じゃな。先の住人が若い女を囲いたくなる造作《ぞうさく》じゃ。あまりその気になるで、腹上の死などに見舞われるのだ。汀女先生も気をつけなされ」

「相庵先生、うちは物心ついたときから承知の幹どのです。年上女房では、その気にもなりますまい」

「なんのなんの、汀女先生は、うちの診療所でもなかなかの評判だったな。な、お芳」

「はい、いかにも評判にございましたが、旦那様が吉原会所の凄腕でございますよ。声をかける勇気のある殿方はひとりもございません」

お芳が笑った。

「鬼の居ぬ間ということもある。とはいえ、会所のふたりが吉原を留守にしておるのは、なんとも寂しいな」

と相庵が言ったとき、御免くだされ、と声が玄関でして仙右衛門が、

「先生、大丈夫かえ、迎えに来たぜ」

と宴の場に姿を見せた。

「仙右衛門、亭主の居ぬ間の宴は真っ盛りだ。そなた、吉原はいいのか」

「昨日辺りから廓の中がえらく静かでしてね、小頭がなんぞあれば使いを立てるってんで、こちらに押しかけたって寸法ですよ」

「なんだ、お芳、迎えではないぞ。亭主に酒を注いでやれ」

と相庵が命じて、柘榴の家の引っ越し祝いの宴はまた賑わいを取り戻した。


幹次郎は、どこで撞かれるか時鐘の四つを聞いて火の始末をすると、破れ家にあった小田原提灯《おだわらぢようちん》に灯りを点して、外に出た。すでに巨漢と細身のふたりの骸は、釈迦堂へと運んであった。

十四夜の月が鎌倉を皓々《こうこう》と照らしつけていた。

滑川に出た幹次郎は、橋を渡り、横大路を鶴岡八幡宮へと向かった。

すると向こうから人影がふたつ近づいてきて、止まった。

いたちの豆造に提灯を持たせた古坂玄堪であった。

幹次郎は、歩み寄ると足を止めた。いたちが後ろに下がり、道中羽織に頭巾《ずきん》を被った古坂玄堪が前に出た。

幹次郎の提げた小田原提灯の灯りに鈍く光る目が見えた。

川のせせらぎだけが辺りに響いていた。

長い沈黙のあと、

「城内《しろのうち》の頭、一瞥《いちべつ》以来かな」

「あのふたりもそのほうに始末されたか」

「釈迦堂の前に骸を運んでおいた。始末は、そなたに任せよう」

「友永窮介一統もいたちを残して全滅。伊賀平撫心斎ら二兄弟も始末されたか」

「いや、撫心斎は残っておる」

「いくらかわしのツキが残っておるようだ」

「それは『吉原五箇条遺文』を手にした折りの台詞《せりふ》じゃな」

「ああ、そうしよう。そのほうがそれがしを呼び出したのだ。『遺文』がだれの手にあるか、はっきりと告げよ」

「未だ四郎兵衛様は手に入れておられぬ」

「虚言ではあるまいな」

「この期に及んで虚言を弄《ろう》したところでどうにもなるまい。『遺文』を懐にして江戸に戻ることができるのは、古坂玄堪、いや、柘植芳正《つげよしまさ》、あるいは別の名で呼ぼうか」

「どのような名で呼ばれようと浮世《うきよ》にある内の一時の名じゃ。どのような意味がある。最前の問いに答えておらぬな」

「城内の頭、明晩九つ、建長寺管長板倉道慶老師の手から四郎兵衛様に返却なされる」

「しかとさようか」

「念には及ばぬ。ためにそなたを鎌倉に呼んだ」

「手渡される場所はどこか」

「仏殿地蔵菩薩坐像の御前」

幹次郎の言葉に、よし、と古坂玄堪が応じて、後ろに数歩下がった。

「伊賀平撫心斎がそれがしを斃すことを鎌倉の神仏に祈るのじゃな」

「神仏に祈ってなんの役に立とうや。撫心斎の天真一刀流の力のほうがよほど信用できるわ」

「城内の頭らしい言葉かな。ひとつ、頼みがある」

「なんだ」

「いたちの豆造は、十分に役目を果たしたであろう。この場に置いてゆけ」

「ならぬ、と答えたらどうするな」

「吉原会所の裏同心は豆造をいずれこちらに取り戻す。明晩にすべてを懸けよ。それが城内の頭の取るべき道よ」

古坂玄堪が羽織の下に手を入れ、南蛮渡来の短筒を抜き出すと、いたちに歩み寄り頭に銃口を突きつけた。

「そなたの眼志流の居合がいかに速かろうと、南蛮渡来の短筒の鉄砲玉には敵うまい」

「いかにもさよう」

幹次郎が手にしていた小田原提灯を滑川の流れへと投げた。

一瞬、古坂玄堪の目が投げられた提灯を見た。その眼差しが幹次郎に戻ったとき、幹次郎の手にも、先ほど細身の男が手にしていた南蛮渡来の短筒が構えられていた。

「これで勝負は五分と五分」

「どうかな、そなたは南蛮短筒を扱いつけてはいまい」

「試してみるか。吉原会所の裏同心が何年も修羅場を潜ってこられたのは、用心深さゆえだ。試し撃ちを破れ家でやらぬはずもあるまい。いたちを撃つ間に、古坂玄堪、そなたの頭巾に隠された頭を吹き飛ばしてみせる」

「うむっ」

「勝負は明晩、一度きりじゃ」

「分かった」

と答えた古坂は、南蛮短筒を構えたままするすると後ずさり、滑川河畔《かはん》の道から鎌倉の闇に消えた。

ふうっ
いたちの豆造が大きな息を吐いた。

「初めて見た」

「南蛮短筒の対決か」

「いや、城内の頭が他人の言うことを聞いたところをだ」

「世間には初めてのことなどいくつもある。初めてのことを受け入れるかどうかは当人次第じゃ」

幹次郎は、南蛮短筒を提灯と同じように流れに投げ込んだ。

「扱いを知らぬのか」

「知らぬな」

「驚いた」

「ただ今のそれがしには、南蛮短筒よりも小田原提灯のほうが大事であったわ」

「わしがひとつ、提灯を持っておるぞ」

「そいつも流れに捨てよ。灯りをつけておると、城内の頭の鉄砲玉の餌食《えじき》にならぬともかぎらぬからな」

幹次郎の言葉にいたちが慌てて提灯を流れに捨てた。

「どこへ行く」

「建長寺に戻る。呑込みの権兵衛がそなたを待っておる」

「あやつがおれをな」

ふたりは月明かりを頼りに横大路から巨福呂坂切通しに向かって歩き出した。

四

臨済宗建長寺派の大本山建長寺の創建当初の仏殿は、火災で失われた。

新たな仏殿は、正保四年（一六四七）に江戸の芝増上寺《ぞうじょうじ》に建立された徳川《とくがわ》二代将軍秀忠《ひでただ》の正室崇源院《すうげんいん》の霊廟《れいびょう》を鎌倉へ移築したものだ。

禅宗様式の仏殿建築だが、江戸初期の華麗な桃山《ももやま》様式の装飾が施されてあった。

堂内に安置された地蔵菩薩坐像は、座高一間二尺（約二・四メートル）、台座を入れるとてつもなく大きな像だった。

夜半九つ、神守幹次郎は仏殿の前庭の栢槙の古木が七本植えられた宋の禅寺の庭園様式、前栽列樹《せんざいれつじゅ》の見える石段の回廊にて結跏趺坐をしていた。

仏殿に入るのを許されたのは四郎兵衛ひとりで、管長の板倉道慶老師と対面していた。

幹次郎は瞑目していたが、ひたひたと仏殿に迫る人の気配を察していた。

この夜、月は厚い雲に隠されて闇が建長寺のある地獄谷を覆っていた。

不意に声が闇に響いた。

「招きにより古坂玄堪、参上した」

「そなたが頼りにした伊賀平撫心斎はおるか」

「御広敷番衆の精鋭《せいえい》たる兵が従うておる。もはや神守幹次郎の命、風前の灯じゃぞ」

「それがし、そなたと伊賀平のふたりを招いたはずじゃ。ついに我欲のために御広敷番衆まで鎌倉に呼び寄せたか、いささか御広敷番之頭の職掌《しょくしょう》を踏み越えたな」

「建長寺が秘匿してきた『遺文』を消滅させ、この古坂玄堪が吉原の頭領に就けば力と金が合わさり鬼に金棒」

「愚かかな、古坂玄堪」

闇での会話が不意に途切れた。

闇の異界が光の世界へと変わった。

頭巾の古坂玄堪の背後にいる黒衣の御広敷番衆の精鋭たちが光の中に引き出されて困惑していた。その数、およそ五十余名。

だが、その黒衣の集団を、建長寺の僧兵はその何倍にものぼる数で取り囲んでいた。僧兵の携えた薙刀の反り刃が松明《たいまつ》の灯りにきらきらと煌めいていた。

「古坂玄堪、と呼んでおこうか」

幹次郎が結跏趺坐を解き、傍らの行平を手に立ち上がりながら、そう呼びかけた。

「御広敷番衆は影の者。光の中に引き出されたとき、その力を失《うしの》うてしまう。

また力を失うばかりか、存在することすら認められぬのは、影の者の宿命じゃ。至極当然の理《ことわり》、頭なら分かるな」

「おのれ」

古坂玄堪が歯軋《はぎし》りした。

「御広敷番衆に申し上げる。このまま鎌倉を立ち去りなされ。ならば建長寺の僧兵衆も見逃してくだされよう。坂東武者の魂の地をそなたらが跳梁跋扈《ちようりようばつこ》して穢すことは許されぬ」

幹次郎は行平を腰に手挟《たばさ》みながらゆっくりと石段を下った。

御広敷番衆に動揺が広がっていた。

だが、光の下で己らの何倍もいる僧兵に囲まれて身動きがつかなかった。


仏殿の中では、板倉道慶が地蔵菩薩坐像の台座下から古びた書付『吉原五箇条遺文』を取り出して、地蔵菩薩坐像の前に正座した四郎兵衛へと歩み寄り、

「吉原会所七代目頭取四郎兵衛様、お確かめあれ」

と差し出した。

「拝見致します」

と応じた四郎兵衛が油紙《あぶらがみ》を開き、『遺文』を披いて黙読した。

明暦二年十月九日に取り交わされた『吉原五箇条遺文』副書に相違なかった。

五箇条の取り決めの最後には、

老中　松平伊豆守信綱
寺社奉行　安藤右京亮重長
町奉行　石谷将監貞清
牢屋奉行　石出帯刀
吉原総名主　庄司甚右衛門
明暦二年十月九日

の連署と日付が記されてあった。

「吉原の危機は去りましてございます、老師」

「どうなさるな」

「百年以上の時を地蔵菩薩様の御懐に抱かれて守られてきた大切無二の『遺文』にござれば、ふたたび地蔵菩薩様の御懐にお預かり願いとうございます」

「建長寺と吉原の関わりにおいて、ここに遺文を保管すること、これまで通り。だれにも知られず秘匿され続けると考えて宜しいか」

「お願い申します」

四郎兵衛が『吉原五箇条遺文』を道慶老師に戻すと、老師が台座の背後へと回った。

四郎兵衛は江戸から持参してきた五百両の入った袱紗《ふくさ》包みを地蔵菩薩坐像の前に置いて布施とした。


「建長寺仏殿を灰燼に帰してしまえ！」

古坂玄堪が命じた。

「許さぬ」

神守幹次郎が古坂玄堪との間合を詰めた。

「ここがわれら御広敷番衆の正念場じゃぞ。戦え、戦うのじゃ」

と御広敷番之頭の絶叫が響いた。

僧兵が掲げる松明が揺れた。すると薙刀の刃がさらにきらきらと輝いて御広敷番衆を静かにも威嚇《いかく》した。

黒衣のひとりの手が掲げられ、

「退け」

と短く命じた。

「な、なんと、頭の命を無視するや」

「もはやそなた様は、御広敷番之頭に非ず、いささか職掌を逸脱なされた」

と黒衣の者が答えると、五十余名の集団は、栢槙の老樹の陰に吸い込まれるように消えていった。すると僧兵の集団も数人の松明を掲げる者を除いて、宿坊へと戻っていった。

信仰を護るために戦っていた時代の禅宗の僧侶の気概を幹次郎は垣間《かいま》見たと思った。

「なんとしたことか」

古坂玄堪は狼狽《ろうばい》の声を漏らし、仏殿の扉から四郎兵衛が姿を見せ、

「手足を神守幹次郎様方にもぎ取られたそなた様、どうしなさるな」

と古坂玄堪に問うた。

古坂が刀を抜くと正眼に構え、幹次郎を睨んで間合を詰めてきた。

年季が入った構えだった。

幹次郎も行平を鞘走らせたが不動の姿勢を保った。

相正眼、老いの身の古坂玄堪は、一撃にすべてを賭けた。

静かで長い対峙になった。

幹次郎が正眼から脇構えに刃を移し、相手の動きを誘った。

「うっ」

と押し殺した声とともに玄堪がわが身を斬らして骨を断つ覚悟で最後の一歩を踏み込み、鋭くも幹次郎の肩口に斬り下ろしてきた。

幹次郎は玄堪の動きを見つつ、脇構えの行平を一陣の風にして、踏み込んできた古坂玄堪の脇腹を深々と撫で斬り、横倒しに飛ばすと俯《うつぶ》せに転がした。

松明を掲げた僧兵たちから、驚きの声が漏れた。

幹次郎は、行平に血振りをくれると、鞘に納め、

「四郎兵衛様、ご検分を」

と願った。

四郎兵衛が石段を下りてきた。松明が古坂玄堪の骸を囲むように輪を狭めた。

「検分とはなにを」

四郎兵衛の言葉に、幹次郎が俯せの古坂玄堪の体を仰向けに返すと頭巾を剝ぎ

取った。

「な、なんと」

と四郎兵衛の口から驚きの声が漏れた。幹次郎は羽織の紐を解いて前を広げると小袖の胸前の家紋を松明の灯りに晒した。

八つ梅の中に、

「忘八」

の二文字、官許の吉原を造り上げた庄司家の家紋だった。

「御広敷番之頭古坂玄堪とは、庄司甚右衛門その人にございましたか」

「さあて、どの名が真でどの名が偽りか、もはや分かりますまい。ただ、庄司甚右衛門と名乗るこの人物の一子、喬之助どのも牢屋敷で死んでおりますれば、もはや庄司家は絶えたと考えてようございましょう」

「もはや吉原を覆う暗雲は晴れたとみてようございますな」

四郎兵衛の念押しに頷きながら、幹次郎は、

(玄堪が頼りにした伊賀平撫心斎が残っている)

と考えていた。

「あの夜、神守様と番方は、御広敷番之頭の屋敷内の森で一夜を過ごされ、私は

南町奉行所で何刻も待たされ、この人物に会わされた。私が祖父様から聞かされた最後の一事が、庄司甚右衛門様の風貌と八つ梅に『忘八』の二文字家紋にございました。私ども吉原者にとって、庄司甚右衛門様は、抗うことのできない神様が如き存在にございました。それがまさか城中の闇を牛耳る影の者の頭分であったとは」

「四郎兵衛様、この御仁にはいろいろな貌《かお》があり、たくさんの名を使い分けて生きてこられたのでございますよ。吉原創建の立役者、初代庄司甚右衛門様と真の所縁があったかどうか、もはや知る術はございますまい」

「とは申せ、この人物が八つ梅に『忘八』の文字の家紋の小袖を着ている以上、建長寺の墓所に埋葬するのがよかろうと思いますがいかがですかな」

幹次郎が返答に迷っていると、

「そうなされませ。仏になればもはや善人も悪人も区別ございますまい」

といつの間にいたか、嘉藍導師が回廊の一隅に立っていて、そう言った。

「いかにもさようでございました」

と応じた幹次郎が動こうとすると、戸板を持った呑込みの権兵衛といたちの豆造が姿を見せて、かつての頭分を手際よく戸板に乗せて墓所へと運んでいった。

旅仕度の四郎兵衛と幹次郎は、建長寺の墓所の北向きに立つ八つ梅に「忘八」の文字だけが墓石に彫られた、古びた墓に線香を手向けた。

なんとも奇妙な紋のついたこの墓所にだれが眠っているのか、それを承知しているのは建長寺の中でも限られた者だけだった。しかしここには一年も前から線香と花が供えられるようになっていた。三月前には、庄司甚右衛門を名乗る人物が、建長寺派管長板倉道慶老師に面会を願い、『吉原五箇条遺文』を返却するよう申し出ていた。

仏殿の前で幹次郎の刃に斃れた古坂玄堪、あるいは庄司甚右衛門、あるいは別の名が本名か分からなかったが、八つ梅に忘八文字の墓石の隣に、新仏《にいぼとけ》が埋葬された土饅頭《どまんじゆう》にもふたりは線香を手向け、手を合わせた。

「旅が終わりましたな」

四郎兵衛が幹次郎に言いかけた。

「いえ、ひとつだけなすべき用事が残っております」

幹次郎が答えた。

読経の声が地獄谷に流れていた。

夜が明けようとして墓所に朝靄が地面を這うように漂っていた。

幹次郎が振り返った。

すると、股立《ももだち》を取り白襷に白鉢巻の痩身の武芸者が立っていた。

天真一刀流の達人伊賀平撫心斎だった。

「もはやすべては決したのです、ふたりが戦う謂れはありますまいに」

四郎兵衛が呟いた。

伊賀平撫心斎はなにも発しない。ゆっくりと地面を這う靄を分けて幹次郎に近づいてきた。

幹次郎も無言で道中羽織を脱ぎ捨て、行平の下げ緒《お》を解くと襷にかけた。

両者は、すべての怨讐《おんしゅう》、因縁、利害を超えて、武芸者として立ち合おうとしていた。

撫心斎の足が止まった。

幹次郎が立つ場所まで十二、三間（約二十二〜二十四メートル）の距離があった。

撫心斎が黒塗の鞘から剣を抜いて、右肩の前に立てた。ぴたり、とかたちが決まっていた。

（恐るべき強敵かな）

幹次郎は、死を覚悟し、修行僧らの経に耳を傾けたあと、雑念を払った。腰をわずかに沈め、右足をわずかに開いた。

眼志流の居合の構えだった。

「うううう－」

獣が発する呻き声のような気合を漏らした伊賀平撫心斎が走り出した。生死の間境《まざかい》に向かって一直線に突進してきた。

足の運びにも拘わらず腰の線が安定して、

ぴたり

と地面に吸いつくように移動してきた。

幹次郎はただ間合を計っていた。

伊賀平撫心斎の殺気を全身に感じ、吐く息を聞いていた。

地面を這う靄が撫心斎の足さばきに虚空に浮き上がって舞った。

その瞬間、幹次郎の左手が行平の鞘と鍔《つば》に掛かり、鯉口を切ると同時に右手の拳が腹前を奔《はし》って、柄に掛かり、一気に引き抜いた。

「あああ－」

撫心斎の悲鳴のような気合を聞いて、八双から振り下ろされる刃が幹次郎の左の首筋を撫で斬ろうとした。

その寸毫《すんごう》前、光と化して円弧《えんこ》を描いた行平が撫心斎の脇腹を捉え、深々と撫で斬ると横手に痩身を飛ばしていた。虚空を飛んだ体が新たにできた土饅頭に寄りかかるように崩れ落ちた。

その顔の傍らの線香の煙が揺らいで立ち昇った。そして、骸を霙が優しく覆った。

幹次郎は、抜き斬った行平を右脇に伸ばしたまま、残心《ざんしん》の構えを保持していた。

その口から、

「眼志流浪返《なみがえ》し」

と漏れて、勝負が決したのを四郎兵衛は知った。

幹次郎は構えを解いた。

冬霙に　沈む仏や　地獄谷

幹次郎の脳裏に言葉が散らかり飛んだ。

血振りをくれて鞘に納め、襷を解いた幹次郎の視線の向こうに人影が見えた。いたちの豆造と呑込みの権兵衛だった。

「わっしらに骸の始末は任せてくれ」

と呑込みが言い、いたちが頷いた。

「頼もう」

幹次郎は、斃した相手に合掌すると四郎兵衛を振り返った。

茫然自失して立ち竦んでいた四郎兵衛が我に返ったように、

「これで江戸に、吉原に戻ることができますぞ」

と幹次郎に険しい顔で言った。

そのとき、幹次郎は、吉原の存亡を揺るがした『吉原五箇条遺文』は、建長寺にこれから先何十年秘匿されるのであろうか、と考えた。

だが、新たなる騒ぎが起きたとしても、四郎兵衛も幹次郎ももはやこの世にはいないとも思った。

二〇一四年六月　光文社文庫刊

光文社文庫

長編時代小説

遺《い》　文《ぶん》　吉《よし》原《わら》裏《うら》同《どう》心《しん》(21)　決定版

著者　佐《さ》伯《えき》泰《やす》英《ひで》

2023年2月20日　初版1刷発行

発行者　三宅貴久
印　刷　萩原印刷
製　本　ナショナル製本

発行所　株式会社 光文社
〒112-8011　東京都文京区音羽1-16-6
電話 (03)5395-8149　編集部
8116　書籍販売部
8125　業務部

ISBN978-4-334-79464-4　Printed in Japan

組版　萩原印刷